Der Eintritt in den Ruhestand stellt Bankdirektor August Friedrich Geldern vor ungeahnte Probleme. Seine Frau, Elisabeth Luise, wird rebellisch. Mit dem sehnlich erwarteten Enkel David umzugehen, muss er erst mühsam lernen. Ausflüge in den Seniorensport scheitern an Hundegebell und mangelndem Teamgeist.

Klaus Peter, der Schwiegersohn, ärgert ihn mit kunstsinniger Lebensfremdheit, und die von ihm vermittelte Beschäftigung im Museum führt in geheimnisvolle Tiefen. Im Skulpturendepot treibt ein unbekannter Pinsel-Attentäter sein Unwesen. Dort begegnet August Geldern auch dem Tod, von dem er glaubt, dass er dem alten Menschen die Würde zurückgibt.

Mit feinem Humor und viel psychologischem Gespür zeichnet der Autor den für alle Beteiligten heiklen Übergang nach: vom lebhaften Arbeitsalltag in den neuen Lebensabschnitt des Ruheständlers.

Dietrich Bächler, geb. 1929 in München, studierte Rechtswissenschaften in Tübingen und München. Von 1959 bis 1994 war er im Bayerischen Wissenschafts- und Kunstministerium tätig, zehn Jahre als Leiter der Universitätsabteilung, zuletzt als Leiter der Kunstabteilung. Seit seiner Pensionierung arbeitet er in der Direktion des Germanischen Nationalmuseums in Nürnberg. Von Dietrich Bächler sind außerdem lieferbar: *Der beamtete Korse*, Satirischer Roman (2000); *Anschlag auf Goethe*, Roman (2000); *Der Überflieger*, Roman (2003).

Dietrich Bächler
Ruhestand

Roman

Weitere Informationen über den Verlag und sein Programm unter:
www.allitera.de

Bibliographische Information der Deutschen Bibliothek

Die Deutsche Bibliothek verzeichnet diese Publikation in der Deutschen
Nationalbibliographie; detaillierte bibliographische Daten sind im Internet
über <http://dnb.ddb.de> abrufbar.

August 2004
Allitera Verlag
Ein Books on Demand-Verlag der Buch&media GmbH, München
© 2004 Buch&media GmbH (Allitera Verlag)
Umschlaggestaltung: Kay Fretwurst, Spreeau
Herstellung: Books on Demand GmbH, Norderstedt
Printed in Germany · ISBN 3-86520-070-2

Inhalt

Abschied vom Dienst	7
Der erste Tag	13
Wehre den Anfängen	17
Die Geburt des Enkels	22
Die Taufe	28
Klaus Peters Plan	34
Im Museum	39
Balsam für die Seele	46
Entenbilder	51
Schlaf, Kindchen, schlaf	56
Der geschwärzte Mussolini	61
Sonntagsspaziergang	67
Die Wurzeln	72
Gegenwelt	76
Seniorensport	81
Familienstreit	88
Ein Betriebsausflug	96
Unter Frauen	103
Das schwarze Geschenk	107
Ordensverleihung	112
Memento mori	117

Abschied vom Dienst

Er hatte es auf sich zukommen sehen, so, wie man seinen Tod auf sich zukommen sieht, sein Leben lang. Aber niemand glaubt an seinen Tod, bevor er anklopft, und so fehlte August Friedrich Geldern der Glaube an seine Pensionierung. Seit geraumer Zeit spürte er, dass seine Mitarbeiter über sein berufliches Ende redeten. Manche überraschte er in seinem Vorzimmer im Gespräch mit seiner Sekretärin, das jäh verstummte, wenn er auftauchte. Fragte er, ob sie zu ihm wollten, verneinten sie dies mit einem Lächeln, in dem sich Verlegenheit und Mitleid mischten. Sie hätten nur etwas mit Frau Klausner zu besprechen, sagten sie, so, als ob seine Sekretärin nun Allgemeingut geworden wäre und nicht mehr allein ihm gehörte.

Dem Casino-Verwalter, Herrn Fassler, blieb es vorbehalten, ihn in plumper Direktheit mit dem nahenden Ende zu konfrontieren. Ob er ein Abschiedsessen im Casino der Bank geplant habe, wollte er wissen. Herr Geldern hätte ihn am liebsten sofort hinausgeworfen. Diese Leute haben kein Fingerspitzengefühl, dachte er. Es könnte ja auch ein Bestattungsunternehmer hereinplatzen und ihn nach seinen Sargwünschen fragen.

Aber dann ließ er Herrn Fassler reden, weil er gewohnt war, Haltung zu zeigen. In den letzten Jahren hätten alle Abteilungsdirektoren beim Eintritt in den Ruhestand ein Abschiedsessen im Casino gegeben. Ein Essen werde nun mal erwartet, und im Casino komme es am billigsten.

Er könne ihm ein ordentliches Menü für 29 Euro anbieten und für die Weine verlange er gerade die Hälfte von dem, was man in öffentlichen Lokalen bezahle.

Herr Geldern bat um Überlegungsfrist, aber im Innern war er sofort entschlossen, nicht im Casino zu feiern. In letzter Zeit hatte er des Öfteren Meinungsverschiedenheiten mit seiner Frau Elisabeth Luise gehabt. Aber in der Casinofrage stimmte sie ihm zu.

»Bei deinen Verdiensten um die Bank, lieber August«, sagte sie, »wäre es Sache des Vorstands, für dich im Casino ein Essen zu geben. Sind sie dazu zu schofel, kannst du nur außer Haus gehen. *Du* lädst ein und *du* wählst das Lokal. Mittagessen würde ich sagen. Die Leute können nicht so lange bleiben und nicht so viel Wein trinken. Auch erwartet niemand, dass du zum Mittagessen die Frauen mit einlädst. Mitarbeiterinnen und Mitarbeiter deiner Abteilung, das genügt. Vorgesetzte lädt man nicht ein. Die müssen selbst einladen.«

So kam es, dass August Friedrich Geldern zwei Tage vor seinem Ausscheiden aus der Bank zum Mittagessen in die *Silberne Gans* bat.

Die Mitarbeiter standen herum, mit dem Aperitif in der Hand, und wussten nicht, über was sie reden sollten. Am schwierigsten war es für die in Gelderns Nähe. Einige versuchten es mit dem Thema Ruhestand. Beneidenswert diese Freiheit, meinten sie. Reisen könne Herr Geldern nun so viel er wolle und seine Hobbys pflegen. Aber Herr Geldern reagierte knurrig, wollte die Sprachregelungen für Pensionistenabschiede nicht einhalten. »Hobby?«, sagte er. »Ich kann das Wort nicht ausstehen. Was soll das? Nur so zum Spaß? Entweder mache ich etwas ganz oder gar nicht!« Aber er verriet nicht, was er ganz machen wollte.

So rettete sich das Gespräch ins Fachliche, in laufende Bankgeschäfte und in das Ratespiel, wer welchen Posten bekäme. Gelderns Nachfolge, allerdings, erwähnte niemand. Schon mit Rücksicht auf Herrn Turner, den Stellvertreter des Abteilungsdirektors, der sich Hoffnungen gemacht hatte. Er würde es nicht werden. So viel stand fest und jeder wusste es, auch Herr Turner. Er stand aufrecht in der Runde, noch ein wenig steifer als sonst, und lächelte angestrengt.

Geldern bat zu Tisch. Frau Klausner musste sich rechts, Herr Turner links von ihm setzen. Den Übrigen ließ er freie Wahl. Er war überrascht, wie schnell die Stühle besetzt waren. Zuerst saßen die Zupackenden, dann kamen die Grauen, Unauffälligen, die letzten Plätze nahmen die Phlegmatiker ein. Nach dem ersten Gang, einer Gemüserahmsuppe mit Krusteln, herrschte verlegene Stille. Jedermann erwartete, Herr Geldern werde das

Wort ergreifen, um zu begrüßen. Auch Herr Turner hatte sich darauf eingerichtet und seine Würdigung des Vorgesetzten nach dem Hauptgang eingeplant. Herr Geldern aber schwieg beharrlich und sah erwartungsfroh in die Runde, als sei es Sache seiner Untergebenen, ihn zu unterhalten.

Typisch Geldern, dachte Herr Turner. Er verweigert sich dem Gewohnten, nur um uns unsicher zu machen. Ich habe ihn schon immer gehasst deswegen. Schon zum vierten Mal fingerte er nach dem sorgfältig ausgearbeiteten Manuskript in der rechten Brusttasche seiner Jacke. Es war da, an seinem Platz. Er konnte sich darauf verlassen. Aber sollte er es nun vor dem Geschnetzelten herausziehen oder – wie geplant – nachher? In seiner Ratlosigkeit hielt er sich an den Wein, Volkacher Kartäuser aus dem Juliusspital, bis er spürte, wie hitzige Wellen in seinen Kopf strömten.

Endlich nahmen ihm die Kellner die Zweifel. Sie servierten den Hauptgang: Geschnetzeltes in Champignonsauce mit Berner Rösti und Blattsalat. Turner entspannte sich. Was sollte er sich über August Geldern aufregen. Der musste gehen, nicht er. Er erkundigte sich nach Gelderns Tochter, denn er wusste, wann immer man Geldern auf seine Tochter Klara ansprach, zeigte er Spuren von Gemüt. Leutselig gab er sich auch jetzt. »Ja, die Klara«, sagte er, »die weiß, was ich im Ruhestand brauche. Noch einen Monat, und sie schenkt mir einen Enkel. Ein Bub wird's, das steht schon fest. Die Überraschung im Kreißsaal können die jungen Leute ja nicht mehr erwarten. Der Ultraschall bringt den kleinen Unterschied vorzeitig ans Licht. Das macht die Namenssuche einfacher. Man konzentriert sich auf ein Geschlecht. August muss es ja nicht sein. Ich hab' immer unter diesem Namen gelitten. Die Leute denken an den dummen August dabei und nicht an den Kaiser Augustus, den meine Eltern im Kopf hatten. Von Augustus dem Erhabenen zum Spaßmacher im Zirkus, weiß der Teufel, wie es dazu gekommen ist! Der berühmte kleine Schritt vom Erhabenen zum Lächerlichen.

Heute sind die Römer nicht mehr in, auch nicht die Germanen. Man sucht sich einen Juden im Alten Testament: David, Daniel, Jona, Jakob, Benjamin, Rebekka, Rahel, Judith, Lea. Die meinen,

wenn man sich nach den Opfern nennt, kann man nicht mit den Tätern identifiziert werden. Aber so einfach ist das Leben nicht. Na ja, sei's drum. Soll der Enkel David heißen. Wenn er dann keine Furcht vor dem Goliath hat ...
Aber David und wie weiter. Meine Tochter heißt noch immer Geldern und mein Schwiegersohn Tillmann. Für den Sohn haben sie jetzt die freie Wahl. David Geldern oder David Tillmann. Meine Tochter sagt, hartes T auf weiches D sei ganz schlecht. Da komme man ins Stottern. David Geldern spreche sich dagegen mühelos. Raffiniert ist die ja. Kann sie nicht von mir haben. Männer sind da tumb. Mein Schwiegersohn redet von Stammhalter, Tradition und so. Da ist er von vorneherein out. Nur nicht nach rückwärts argumentieren. Geschichtslos und gesichtslos, das ist heute in. Na ja, haben ja noch einen Monat Zeit, die beiden.«

August Geldern war in Fahrt und Turner konnte das Züricher Geschnetzelte in Ruhe genießen. Er wurde erst wieder unruhig, als die Kellner abzutragen begannen. Hastig nahm er noch einen Schluck vom Volkacher Kartäuser. Dann stand er auf, klopfte an sein Glas, sagte »Hochverehrter Herr Geldern, liebe Kolleginnen und Kollegen«, zog sein Manuskript aus der Jackentasche und begann vorzulesen.

Turner liebte es in Gleichnissen zu sprechen. Nicht nur, weil er eine poetische Ader hatte und zuweilen Rilke-Gedichte las. Das Gleichnis ließ Raum für die Auslegung. Man brauchte sich nicht eindeutig festzulegen, und der Rückzug in das »So war es nicht gemeint« blieb offen.

In diesem Fall setzte Turner die von Geldern geleitete Abteilung einem Garten gleich. Es gebe dort, meinte er, Orchideen, aber auch Sumpfblüten, Kokosnusspalmen neben Gänseblümchen. Schlingpflanzen könne man entdecken und Nachtschattengewächse, von denen manche leicht giftig seien. Auch Tiere bevölkerten den Garten: Vögel, die zwitschernd auf sich aufmerksam machten. Maulwürfe, die blindlings Schaden anrichteten, ja sogar Schlangen, die im Dickicht lauerten. Um den Garten in Schwung zu halten, seien Gärtner, Untergärtner und Unteruntergärtner angestellt. Die wichtigste Person aber sei der Obergärtner. Er habe das Zusammenspiel aller Kräfte zu gewährleisten. Dank seines Überblicks und seiner Weitsicht wurde aus Dschungel und Chaos der blühende Garten. Am besten gelinge dies durch milde Bewirtschaftungsmethoden, durch Beschränkung der Eingriffe auf das wirklich Notwendige, durch Gerechtigkeit und aufmunterndes Wohlwollen gegenüber den Untergärtnern.»In diesem Sinne«, so schloss Turner, »können wir mit Fug und Recht sagen: Wir hatten in den letzten Jahren einen idealen Obergärtner! Dafür sind wir Ihnen, verehrter Herr Geldern, dankbar. Und so wünschen wir Ihnen viele Jahre des entspannten, stressfreien Genießens in blühenden Gärten!«

Der Beifall der Zuhörer war ungeteilt. Viele hatten hämisch gelacht, als von giftigen Nachtschattengewächsen, von Sumpfblüten, zwitschernden Vögeln, Maulwürfen und Schlangen die Rede war. Sie meinten zu wissen, auf wen Turner zielte. Aber die *sie* meinten, dachten wieder an andere. Und so fühlte sich niemand betroffen.

Geldern konnte nicht länger zögern. Erst nach dem Dessert, das ging nicht! Also stand er rasch auf, noch in den Beifall für Turner hinein, der sofort verstummte.

»Dank für den idealen Obergärtner«, sagte er, »und Dank auch für zehn Jahre erfreulicher, kollegialer Zusammenarbeit. Gut, dass meine Frau nicht da ist«, fuhr Geldern fort. »Die hätte nur gelacht über den idealen Obergärtner. Sie schimpft mich immer, dass ich ihr nicht einmal die Arbeit im Garten abnehme. Ich mag das nämlich nicht, dieses Gehäckle in den Beeten, das Unkrautrupfen, das Zupfen an verwelkten Blüten, das Wühlen in den Erdkrümeln, bis der Dreck hinter den Fingernägeln sitzt und nicht mehr rausgeht. Da können Sie mich im Ruhestand nicht hinlocken, verehrter Herr Turner, auch nicht mit ›idealer Obergärtner‹ und so.

Nur das Ausschneiden der Sträucher und Bäume im Herbst, das macht mir Spaß. So richtig zugreifen mit der großen Baumschere. Da gibt es kein zimperliches Gezupfe. Raus mit allem, was morsch oder überflüssig ist. Davon haben Sie nichts erzählt, Herr Turner. Vielleicht hat Ihr idealer Obergärtner da einiges versäumt. Wer weiß?

Nun, mich schert es nicht mehr. Trinken wir auf das Wohl unserer Bank und darauf, dass es Ihnen allen gut geht darin!«

Geldern hatte nach dem Dessert noch die Rechnung zu erledigen. Die Gäste waren inzwischen gegangen. So ging er allein die Treppe hinunter zum Ausgang. Auf dem Trottoir vor der *Silbernen Gans* wartete Frau Klausner auf ihn. »Schön, dass Sie gewartet haben«, sagte Geldern, freundlicher, als es Frau Klausner gewohnt war. »Sie werde ich jetzt auch bald entbehren müssen. Das praktische Leben, dafür waren Sie zuständig, ein Filter für das Grobe, Lästige, Zudringliche. Komisch, je älter man wird, je weniger Schutz wird einem zugebilligt. Am Schluss ist man dem Leben und seinem Ende allein ausgeliefert.«

Frau Klausner hatte schon wieder Mitleid mit ihrem Chef. »Sie haben doch Ihre Frau, Herr Geldern«, sagte sie. »Mehr Geborgenheit kann Ihnen gar nicht geschenkt werden.«

Geldern lachte. »Recht haben Sie, Frau Klausner. In diese Festung werde ich mich jetzt zurückziehen.«

Der erste Tag

Als August Geldern am ersten Montag seines Pensionistenlebens erwachte, war es halb sieben, die Zeit, zu der ihn sein Wecker seit Jahrzehnten zur Pflicht gerufen hatte. Er hörte seine Frau im Bad hantieren. Wahrscheinlich hat mich das aufgeweckt, dachte er verärgert. Diese Frau kann keine Ruhe geben. Dabei hatte er gestern Abend zu ihr gesagt: »Morgen schlafen wir aus!«

Worauf sie ihm mit einem leicht ironischen Lächeln erwidert hatte: »Du meinst, *du* kannst ausschlafen.«

Immer diese betonte Abgrenzung, dachte Geldern. Dein Leben ist nicht mein Leben. Das hat erst in den letzten Jahren angefangen. Seit zwei Jahren bestand Elisabeth Luise auf getrennten Schlafzimmern. Sie schlief im früheren Kinderzimmer ihrer Tochter. Dem waren lange Auseinandersetzungen über August Gelderns Schnarchphasen vorausgegangen.

Ob überhaupt, ob nur nach Alkoholgenuss oder auch sonst, ob kurzphasig oder ausdauernd, ob durchdringend oder phonarm, August Geldern leugnete jede Geräuschentwicklung von Belang. Es konnte nicht sein! Es durfte nicht sein! Das mit dem Kassettenrecorder, den Elisabeth Luise unter seinem Bett installiert hatte, fand er dann heimtückisch, persönlichkeitsverletzend. Sie hätte zumindest vorher sein Einverständnis einholen müssen. Das Ergebnis war für ihn ehrabschneidend. Er erkannte diese Urlaute nicht als die seinen. Aber er musste sie sich zurechnen lassen.

Sein Versuch eines Gegenangriffs führte nicht zum gewünschten Erfolg.

In der Nacht nach den Bandaufnahmen hatte ihn ein leichtes Schnurgeln und Pfeifen geweckt, als deren Ursprung er eindeutig die erkältete Nase seiner Frau festmachen konnte. Am anderen Morgen erwähnte er beiläufig zu Elisabeth Luise, heute Nacht habe er eine Stunde ihrer pfeifenden Nase gelauscht. Es sei amüsant gewesen, lieblich, wie alles, was von ihr komme.

Dennoch werde er nicht auf die Geschmacklosigkeit verfallen, dergleichen dokumentarisch festzuhalten.

»Lieber August«, sagte da Elisabeth Luise mit freundlicher Bestimmtheit. »Warum sollen wir uns gegenseitig den Schlaf stehlen, wo wir doch ein ganzes Haus für uns haben. Ich ziehe noch heute in Klaras Zimmer und das Problem ist dauerhaft gelöst.«

August Geldern widersprach nicht. Aber er hüllte seinen Groll in Schweigsamkeit, die mehrere Tage über den Mahlzeiten der Eheleute lastete. Er grollte umso intensiver, als er den Verdacht hegte, der Abbruch der Schlafgemeinschaft könne das Ende jeglicher Intimität bedeuten, ja, dies letztendlich zum Ziel gehabt haben, um ein würdig-kühles Alter einzuleiten. Sein Groll löste sich, nachdem Elisabeth Luise in der vierten Nacht nach Bettentrennung nachtgewandet an seinem Bett erschienen war, um ihm »Gute Nacht« zu sagen, ein Vorgang, der sich in zärtlicher Weise über längere Zeit hinzog.

Daran dachte August Geldern an jenem Montagmorgen und die »Gute Nacht«-Erinnerung schläferte ihn erneut ein. Es war acht Uhr, als die Sonne durch die Vorhänge kam und ihn wieder weckte. Er fand die Uhrzeit für einen Pensionisten angemessen und beschloss ins Bad zu gehen.

Schon immer hatte er sich ausgemalt, wie schön es sein müsste, für die Morgentoilette unbegrenzt Zeit zu haben. Er stellte sich unter die Dusche und ließ das warme Nass an sich herunterplätschern, ohne sich zu rühren. Die Zeit stand still. Als er schließlich nach dem Duschgel griff, stellte er das Wasser immer noch nicht ab, sondern vermischte es mit dem duftenden, schäumenden, pflegenden Saubermacher. Dass er sich damit unökonomisch und zugleich unökologisch verhielt, war ihm klar. Aber gerade das erhöhte seinen Genuss und verschaffte ihm ein irrationales Gefühl der Freiheit, das bei seinen Bankgeschäften nie aufgekommen war.

Während er sich vor dem Spiegel abtrocknete, musterte er sein Brustbild. Die Muskeln seines Oberkörpers waren straff und gut ausgebildet. Kein greisenhafter Muskelschwund, dachte er. Im Gekräusel seiner dunklen Brusthaare entdeckte er weiße Fäden, die sich in der Mitte zu einem Knäuel verdichteten. Noch ist es eine Minderheit, die man ausrotten kann, sagte er sich. Da er keine Haarschere fand, nahm er die Nagelschere und schnitt damit jedes weiße Haar sorgfältig ab. Es war eine langwierige, mühsame Arbeit, da er das jeweilige Haar mit dem vorderen Viertel der Schere erwischen musste, um erfolgreich zu sein; weiter hinten quetschte die Schere nur, ohne abzuschneiden. Als er schließlich kein weißes Haar mehr finden konnte, war er zufrieden, seine Brust auf diese Weise verjüngt zu haben.

Auch mit dem Rasieren ließ er sich Zeit. Immer wieder stellte er den surrenden Apparat ab und suchte auf seiner Haut nach Fältchen, nach braunen Altersflecken oder kleinen dunklen Warzen. Keineswegs, fand er mit Befriedigung, hatten die Hässlichkeiten des Niedergangs die Oberhand gewonnen. Er kleidete sich wie im Urlaub: kurzärmliges Polohemd, Cordhose und Sandalen. So ging er hinunter ins Wohnzimmer und dachte, Elisabeth Luise werde ihm das Frühstück gerichtet haben, wie jeden Tag. Er fand stattdessen einen Zettel auf dem Wohnzimmertisch. »Bin in die Stadt gefahren, um Besorgungen zu machen«, stand darauf. »Du findest alles im Kühlschrank.«

August Geldern empörte sich. Das ist der Gipfel der Lieblosigkeit, sagten seine Gedanken zu Elisabeth Luise. Am ersten Pensionstag lässt sie mich allein. Als ob dieser Schritt in ein Vakuum nicht ohnehin schwer genug wäre. Dabei hätte das erste Pensionistenfrühstück so schön sein können, so schön wie an freien Samstagen. Frische Mohnbrötchen, die Elisabeth Luise vom Bäcker Frühauf geholt hat, der duftende Kaffee, und unbeschränkt Zeit, um über den Ruhestand im Allgemeinen zu plaudern. »Du findest alles im Kühlschrank«, eine Unverschämtheit! August Geldern lebt nicht aus dem Kühlschrank! Auch nicht nach zehn Jahren Ruhestand! August Geldern baute seinen Zorn auf wie einen Turm. Immer, wenn er hoch genug war, hatte er die besten Ideen.

Hat Frühauf nicht vor kurzem neben dem Bäckerladen ein kleines Café aufgemacht?

Er drehte die Botschaft seiner Frau um und schrieb mit dickem Filzstift auf die Rückseite: »Ich frühstücke im Café Frühauf. August.«

Eigentlich war ihm die servile Freundlichkeit der Bäckerin Frühauf zuwider. Heute genoss er sie.

»Guten Morgen, Herr Doktor. Dass Sie uns die Ehre geben! Sehr liebenswürdig, Herr Doktor. Hier am Fenster ist ein hübsches Plätzchen für Herrn Doktor. Frische Mohnsemmeln, Herr Doktor, ich weiß. Die Frau Gemahlin holt sie sonst immer. Etwas Butter, Honig, Himbeermarmelade und ein Kännchen Kaffee. Alles kommt sofort, Herr Doktor.

Wenn ich mir die Frage erlauben darf, ist das Enkelchen wohl schon gekommen? Ich meine, ob die Frau Gemahlin vielleicht deshalb ...«

Ein ungnädiger Blick von Herrn Geldern und Frau Frühauf brach das Thema sofort ab, mitten im Satz. Ohne verlegen zu werden oder den Tonfall singender Einfalt zu ändern, setzte sie neu an. »Wollen Herr Doktor vielleicht einen Blick in die heutige Zeitung werfen? Die SÜDDEUTSCHE oder die FRANKFURTER ALLGEMEINE? Die FRANKFURTER, bitte sehr, Herr Doktor, wie Sie wünschen!«

Die Mohnsemmeln waren noch warm und es knusperte angenehm, wenn August Geldern hineinbiss. Frau Frühauf war der Ladenklingel nach nebenan gefolgt. Herr Geldern saß allein im Raum, umgeben von vornehmer Stille. Der dienstbare Geist hielt sich in Rufweite.

Fast wie im Büro, dachte er, streckte sich behaglich, nippte am heißen Kaffee und warf einen Blick auf die Aktienkurse im Wirtschaftsteil der FRANKFURTER.

Wehre den Anfängen

»Wehre den Anfängen!«, hatte Klara Geldern zu ihrer Mutter gesagt. Das war eine Woche vor August Gelderns Pensionierung. Die beiden Frauen trafen sich am frühen Nachmittag im Café. Noch wussten sie Papa Geldern hundert Meter entfernt in der Bank gut aufgehoben.
Klara misstraute ihrer Mutter. Sie hatte so eine merkwürdig altmodische Einstellung zu Männern. Als handelte es sich bei ihnen um schwierige Kinder, die besonderer Fürsorge bedürfen. Ihr, Klara, wäre eine solche Einstellung zu ihrem Mann nie in den Sinn gekommen, obgleich sie bei näherer Betrachtung zugeben musste, dass auch er etwas Kindliches an sich hatte, so, als sei er auf dieser Welt nicht ganz angekommen, als »fremdle« er noch vor dem täglichen Leben. Komisch fand sie das, aber gewiss nicht mitleiderregend.
Ihre Mutter – und das war ihr unbegreiflich – lief immer Gefahr, Mitleid zu empfinden. Man musste versuchen, sie davon zu entwöhnen.
»Mama«, sagte sie, und nippte an ihrem Pfefferminztee, den sie umständehalber trank, »Mama, du darfst dich nicht wieder einfangen lassen. Nun hast du gerade die Fesseln deiner Kinder abgestreift, entdeckst eigene Bedürfnisse, gehst in die Uni, in Ausstellungen, ins Café, und ehe du dich's versiehst, sitzt wieder ein Vogel in deinem Nest und streckt den Schnabel auf, dieses Mal ein alter. Ich kann dir dein Leben im Dienst eines Pensionisten ausmalen. Morgens bereitest du ihm das Frühstück, dann kochst du Mittagessen, dann gibt es Kaffee, zu dem du einen Kuchen gebacken haben solltest, und schließlich ist das Abendessen nicht mehr weit. Dazwischen füllst du die Waschmaschine, bügelst Papas Hemden und nähst ihm den Knopf an die Hose, den er gewalttätig weggesprengt hat. Das Programm ist wochenfüllend, werktags wie sonntags.
Du darfst es nie anfangen, sonst bist du verloren. Wehre den Anfängen! Es gibt nur eins, Mama, gleich am ersten Tag davonlaufen,

mitleidlos davonlaufen. Noch ehe Papa aufwacht und nach deiner mütterlichen Zuwendung schreit, bist du weg. Irgendwohin, in die Stadt, zum Einkaufen, Bummeln, mit der Freundin ratschen und du kehrst nicht wieder, ehe die Dämmerung einbricht. Du wirst sehen, er ist wohlbehalten, ist nicht verhungert und nicht verdurstet, und die Raben haben ihn auch nicht gefressen.«

Elisabeth Luise hatte damals ihrer Tochter widersprochen, heftig sogar, so heftig, dass sie das Milchkännchen umstieß neben ihrer Kaffeetasse, denn immer begleitete sie ihre Worte mit großen Gebärden. »Du vergisst die Liebe, Klara«, hatte sie gesagt. »Ich liebe deinen Vater. Wie könnte ich ihn da allein lassen, wenn er Probleme hat? Und wie sollte er keine Probleme haben, wenn er plötzlich nicht mehr weiß, was seine Aufgabe ist?«

Das war vor einer Woche gewesen und seitdem hatte Klaras Vision vom alten Vogel im Nest in Elisabeth Luise gearbeitet. Die Oberhand allerdings gewann sie erst Sonntagnacht, als die Schnaken kamen. Immer wieder hatte sie ihrem Mann gepredigt, nicht das Licht anzumachen, wenn das Fenster offen stand. Jedenfalls nicht in der warmen Jahreszeit, in der die Schnaken unterwegs waren. Aber August vergaß »Petitessen«, wie er dergleichen zu bezeichnen pflegte. Es war ihm nicht der Mühe wert.

Am Sonntagabend drückte er auf beide Lichtschalter von Elisabeth Luises Schlafzimmer, als er ein Buch suchte und meinte, es dort zu finden. Die geöffneten Fenster nahm er nicht einmal wahr. Das Licht brannte noch, als Elisabeth Luise eine Stunde später ins Bett ging. Sie erschlug viele Schnaken mit einer gefalteten Zeitung. Die Kampfstärke der Insekten hatte sie damit kaum geschwächt. Sie flogen in Wellen an, sobald sie das Licht löschte und die Augen schloss. Das hell sirrende Geräusch bohrte sich wie eine Nadel in ihre Nervenenden. Wenn es verstummte, war der Angreifer irgendwo auf ihrem Körper gelandet. Sie schlug dann um sich, blindlings, aber sie konnte den blutsaugerischen Stich nur selten verhindern.

Um Mitternacht zählte sie acht Einstiche, die juckten, und noch immer verhieß helles Sirren neuen Angriff. Sie war wütend, ja fast hasserfüllt, wenn sie an Augusts Unachtsamkeit dachte, und sie wagte es erstmals, Klaras Ratschlag vernünftig zu finden. Ihren Wecker stellte sie auf halb sieben.

Wo sie hinfahren sollte, wusste sie nicht. Als sie sich am Morgen gerichtet hatte, nahm sie einfach die nächste S-Bahn zur Stadt.

Alle, die mit ihr ausstiegen, hatten es eilig zu ihrem Arbeitsplatz zu kommen. Sie war die Einzige, die Zeit hatte, die ziellos promenierte. Sie kam sich merkwürdig isoliert vor in ihrer Freiheit, mit der sie nichts anfangen konnte, und sie ertappte sich bei dem Gedanken, dass es August ähnlich zumute sei. Dann erinnerte sie ein scheußliches Jucken in der rechten Leiste an die Schnakennacht und sie versuchte ihr Mitleid abzuschütteln. Es war erst neun Uhr. Die meisten Geschäfte, stellte sie fest, öffnen um zehn. Immerhin das alte Café, in dem sie sich kürzlich mit Klara getroffen hatte, war geöffnet. Sie zögerte einzutreten. August, dachte sie, sitzt jetzt am Küchentisch und kaut an dem alten Vollkornbrot, das ich am Freitag gekauft habe. Wenn er dabei wäre, hätte ich ein besseres Gewissen.

Als sie in den hinteren Raum ging, wo sie allein zu sein hoffte, sah sie Herrn Wohlleb, einen Kollegen ihres Mannes, am Fenster sitzen. Herr Wohlleb war nie verlegen. Alles, was ihm im Leben begegnete, strahlte er an. Und so hielt er es auch mit Frau Geldern. Er sprang von seinem Stuhl hoch, als habe er seit langer Zeit mit Spannung auf Elisabeth Luise Geldern gewartet.

»Was für eine Überraschung, Sie hier zu sehen, gnädige Frau!«, rief er und beugte sich galant über ihre Hand.

»Würden Sie mir die Freude machen, an meinem Tisch Platz zu nehmen? Zwar habe ich nur noch einige Minuten Zeit. Sie wissen, die Bank ruft. Es dauert leider noch zehn Jahre, bis sie mich aus der Pflicht entlässt.

Aber wenn ich Ihnen diese zehn Minuten Gesellschaft leisten darf, wäre es mir ein ungeahntes Vergnügen an diesem strahlenden Sommermorgen.«

Frau Geldern ließ sich von dem warmen Regen der Worte überrieseln, ohne Widerspruch. Gleichgültig setzte sie sich Herrn

Wohlleb gegenüber und versuchte, sich auf die Bedeutung seiner Sätze zu konzentrieren.

»Sie wundern sich, mich während der Geschäftszeit hier zu sehen«, fuhr Herr Wohlleb fort. »Ihr Mann hätte einen solchen Ausflug aus der Bank gewiss nicht unternommen. Er ließ sich den Kaffee von seiner Sekretärin kochen, zweimal am Tag. Das wiederum lehne ich ab. Bei mir werden Arbeit und Vergnügen säuberlich getrennt. Ein Sprung über die Straße und ich bin im Café, privat, als zahlender Kunde, professionell versorgt gegen Entgelt. Nur für ein Viertelstündchen heraus aus der Büroluft, mitten unter plaudernden Freizeitmenschen. Dann hat die Bank mich wieder. Allerdings nicht mit Haut und Haar, Frau Geldern. Sonst stehe ich ohne Skalp da, wenn ich in zehn Jahren die Bank verlasse. Bei Ihrem Mann, Frau Geldern, wenn ich das so sagen darf, ohne vorlaut zu sein, hab' ich ein wenig den Eindruck, als hätt' er Haut und Haar in der Bank gelassen. Da wird ihm das Leben in Ruhe nicht so ganz leicht fallen.« Hier machte Herr Wohlleb eine kleine Pause und gab Frau Geldern die Chance eines kurzen Einwurfs.

»Sie mögen Recht haben, Herr Wohlleb. August ist ganz in seinem Beruf aufgegangen.« Das war alles, was sie bemerkte. Und schon setzte Herr Wohlleb seinen Monolog fort. »Rechtzeitig ein festes privates Standbein aufbauen, darauf kommt es an, Frau Geldern. Golfclub zum Beispiel. Ich bin seit einem Jahr dabei. Da haben Sie Bewegung und sind jemand, auch in der Freizeit oder als Pensionist.

Rotary oder Lions wäre als Standbein auch nicht schlecht. Bei Lions habe ich es kürzlich geschafft. Ich bin der einzige Bankexperte in meinem Club, halte Vorträge über den Euro, über den Aktienmarkt oder die Vermögensanlage im Allgemeinen. Auch habe ich gute Aussichten, bald Schatzmeister zu werden. So etwas füttert das Selbstwertgefühl, gnädige Frau, und dieses Futter geht auch nicht aus, wenn man der Bank Ade sagt. Glauben Sie mir, Frau Geldern, ein gut gefüttertes Selbstwertgefühl, das ist das ganze Geheimnis unserer Lebensqualität. Ist der Beruf die einzige Quelle des Selbstwerts, schrumpfen die Menschen mit der Pensionierung ein wie gedörrte Zwetschgen. Kein Saft mehr, nur noch Falten und Trockenheit.«

Elisabeth Luise Gelderns verschreckte Augen ließen Herrn Wohlleb innehalten. Er sah auf seine Armbanduhr.

»Mein Gott«, sagte er. »Mein Zeitlimit ist längst überschritten. Kurz vor zehn! In der Bank wird man mich vermissen. Sie müssen mich entschuldigen, gnädige Frau. Wenn Sie einmal wieder mit mir plaudern wollen, um neun Uhr treffen Sie mich immer hier, montags bis freitags.« Herr Wohlleb eilte dem Ausgang zu, ohne sich umzusehen.

Frau Geldern sah ihm nicht nach. Sie starrte auf die kleine Kaffeepfütze, die noch in ihrer Tasse stand. Es war, als spiegele sich Augusts Gesicht in dieser Pfütze, rund zunächst, wie sie es gewohnt war. Aber dann wich die Luft aus der Rundung, erst langsam, dann immer schneller. Die Haut runzelte, krümmte sich in immer tieferen Falten, bis sie wie leere Säckchen herunterhing und nur noch die Augen groß blieben, stumpfe braune Augen, die traurig in der Kaffeepfütze schwammen.

Frau Geldern fröstelte. Sie stand auf, legte fünf Euro auf das Kaffeetischchen, obwohl der Kassenzettel nur vier Euro forderte, und hastete hinaus, um die nächste S-Bahn nach Hause zu erwischen.

Die Geburt des Enkels

Klaus Peter Tillmann erwachte an stöhnenden Geräuschen neben ihm. Zuerst integrierte er sie in seinen Traum. Er war vor dem Höllensturz des Peter Paul Rubens in der Münchner Alten Pinakothek gestanden. Die Leiber hatten sich immer plastischer gerundet und jetzt, eben, begannen sie sich zu bewegen. Warum sollten sie nicht auch stöhnen auf ihrem Weg in die Verdammnis? Aber dann erkannte er die Stimme seiner Frau Klara. »Klaus«, rief sie, »ich glaube, es geht los!« Sie hatte sich in ihrem Bett halb aufgerichtet und hielt mit beiden Händen ihren Bauch. Klaus Peter Tillmann sah auf die Uhr. Es war drei Uhr morgens. Der Gedanke, dass jetzt etwas losgehen sollte, war ihm nicht sympathisch.

»Irrst du dich auch nicht, Klara?«, erkundigte er sich vorsichtig.

»Nach den Berechnungen der Klinik sollte es doch erst in einer Woche so weit sein.«

Klara ärgerten diese Zweifel. »Hast du die Wehen oder ich?« Ihre Stimme klang so drohend, dass Klaus Peter eilends seine langen Finger begütigend auf den Bauch legte, in dem sich so Bedeutendes anbahnte. »Die Wehen kommen jetzt schon fast alle fünf Minuten«, fuhr Klara fort. »Aber du schläfst ja wie ein Murmeltier und merkst nichts.«

Wie sollte er etwas von Klaras Wehen merken, wenn er vom Höllensturz des Peter Paul Rubens träumte?, dachte Klaus Peter. Aber er sagte nichts und stieg aus dem Bett, so schnell wie es sein schläfriger Kreislauf zuließ. »Wir sollten losfahren«, bemerkte er jetzt zu Klara, denn plötzlich packte ihn die Angst, es könnte die Austreibungsperiode beginnen, noch ehe Klara in der Obhut der Klinik war. Einer solchen Situation, er wusste es, wäre er nervlich nicht gewachsen.

Er eilte ins Bad und rieb sich mit dem Waschlappen die Augen aus. Die Bartstoppeln musste er wohl stehen lassen, bis sein Sohn auf der Welt war.

Aber das dichte schwarze Haupthaar ungeordnet zu lassen, brachte er selbst in dieser Situation nicht fertig. Er bändigte den

Strom des Überflusses in zwei großen Wellen, von denen die eine über der hohen Stirn stand, während die andere von der rechten Seite des Hinterkopfes ausging und diesen schwungvoll nach hinten verlängerte. Bei seinen kunsthistorischen Vorträgen pflegte er mit der rechten Hand erst durch die vordere, dann durch die hintere Welle zu fahren, immer dann, wenn er glaubte, es sei ihm eine Formulierung gelungen, die ihm die Bewunderung seiner Zuhörer sicherte.

Der Pförtner der Universitätsfrauenklinik war mürrisch, als er die Eheleute Tillmann-Geldern endlich einließ. Die Glocke hatte ihn aus dem Schlaf geweckt. Sicher eine der hysterischen Frauen, die viel zu früh kommen, dachte er, und er wurde erst freundlicher, als er hörte, dass es sich um eine Privatpatientin von Professor Fingerlein handelte.

Da war dann rasch eine Hebammenschwester zur Stelle, die Klara fachfraulich untersuchte und zu dem Ergebnis kam, der David werde noch einige Stunden auf sich warten lassen. Sie brauche daher auch Professor Fingerlein nicht zu alarmieren. Der komme ohnehin um sieben Uhr in die Klinik, jeden Tag, und das sei auch für Klara früh genug. Die bekam allerlei gute Ratschläge und einen Platz auf einer Liege im Vorraum des Entbindungszimmers. Klaus Peter durfte sich auf einen leidlich bequemen Stuhl mit Armlehne daneben setzen. Er wusste nicht recht, was er tun sollte, hielt Klara die Hand oder wischte ihr Schweißtropfen von der Stirn. Um etwas zu sagen, stellte er in eine der Schmerzwellen die Frage »Tut's sehr weh?«, was Klara mit undefinierbaren Lauten des Unmuts quittierte.

Was ihn aber im Augenblick noch mehr beunruhigte, war das Problem, wann er seinen Schwiegervater verständigen sollte. Er wolle stets auf dem Laufenden gehalten werden, hatte August Geldern angeordnet, von dem Zeitpunkt an, zu dem Klara in die Klinik komme. Aber jetzt war es halb fünf und gewiss kein Zeitpunkt, um einen Pensionisten aus dem Schlaf zu klingeln. Oder doch? Klaus war sich nie sicher, wann er den Unwillen seines Schwiegervaters erregte. Der Umgang mit ihm war von Anfang an schwierig gewesen. August Geldern konnte sich wohl nicht vorstellen, dass seine Tochter ausgerechnet an einem Kunsthistoriker hängen bleiben sollte. Er hatte sie mühsam dazu gebracht Betriebswirtschaft zu studieren. Sicher auch mit dem Hintergedanken, sie könne dort einen Kommilitonen mit goldener Zukunft finden. Und dann rennt sie nebenher in Kunstmuseen und verliebt sich in einen jungen Kunsthistoriker mit gewelltem Schwarzhaar, dessen Führungen sie faszinierend findet!

Klaus Peter Tillmann erinnerte sich ungern an seine ersten Besuche im Hause Geldern. Eisige Höflichkeit, gemischt mit ironischen Anspielungen, so empfing ihn der Hausherr. Ob er Umgang mit einer angehenden Diplom-Kauffrau pflege um zu lernen, wie das Schöne zu finanzieren sei. Viel Fantasie hätten die Museumsleute da bisher nicht entwickelt. Immer nur die Hand aufhalten zu Lasten des Steuerzahlers, das sei kein Kunststück.

Frau Geldern allerdings war gleich zu seiner Entlastung eingesprungen. Sie wechselte kurzerhand das Thema und begann von einer Cézanne-Ausstellung zu plaudern, die sie kürzlich besucht hatte, was ihm wiederum die Chance gab, von seinem Lieblingsbild, dem Bahndurchstich, zu reden. Vor diesem Bild stehend, sagte er, habe er zum ersten Mal die Farbe als Wert an sich erkannt. Der Zusammenhang größerer Flächen in Braun, Gelb und Blau habe in ihm ein Gefühl ruhigen Glücks ausgelöst. Nur durch Anschauung, ohne jede Reflexion sei dies geschehen und nach längerem Schauen sei ihm bewusst geworden, dass es nicht die Farbe allein sei, die auf ihn wirkte, auch die Verteilung der Flächen, der sanfte parallele Schwung der Schnittflächen des durchstochenen Hügels hielten Spannung und Ruhe in beglückendem Gleichgewicht. Frau Geldern, das spürte er, konnte dies mitempfinden. Sie glaubte sich an ähnliche Eindrücke ästhetischen Glücks zu erinnern, und wenig verbindet so mühelos wie gemeinsame Erinnerung.

Klara erzählte ihm anderntags, ihre Mutter sei sofort für ihn eingetreten, als ihr Vater von schlechten Berufsaussichten für Kunsthistoriker, ja, von einem Hungerleider-Dasein gesprochen habe. Der Feinsinn eines Mannes, habe sie gesagt, könne mehr wert sein als sein Bankkonto.

»Der Feinsinn eines Mannes!« Klaus Peter Tillmann träumte sich an diesen Worten entlang und lächelte in sich hinein.

Wieder war es der Aufschrei seiner Frau, der ihn weckte. Er kam ungewohnt heftig und veranlasste ihn, nach der Schwester zu klingeln, noch ehe seine Frau darum bitten konnte. Schwester Katharina meinte dann auch, es sei Zeit, Klara in den Entbindungsraum zu verlegen.

Klaus Peter sah auf die Uhr. Es war halb sieben. Jetzt konnte er es wohl wagen, den Auftrag seines Schwiegervaters auszuführen. Als er in der Telefonzelle neben dem Klinikeingang stand, hoffte er, seine Schwiegermutter würde abnehmen. Aber es meldete sich August Geldern. Er wusste von Klara, dass August eigentlich Schwiegervater oder Vater Geldern genannt werden wollte. Aber Klara hatte dann doch durchgesetzt, dass er August sagen durfte. Er tat sich schwer damit und kam oft ins Stottern nach dem Au.

»August«, sagte er jetzt leidlich fließend, »es ist so weit. Klara kommt gerade in den Entbindungsraum.«

»Wie lange dauert es dann noch?«, wollte August wissen.

Klaus Peter konnte es nicht sagen. Augusts Stimme wurde jetzt ungeduldig. »Bist du dabei?«

»Natürlich.«

»Natürlich finde ich das gar nicht. Zu meiner Zeit war das reine Frauensache. Der Mann blieb aus dem Spiel. Frauensachen und Männersachen, das kennt ihr ja heute nicht mehr. Alles ein Mischmasch. Oder glaubst du etwa, ich hätte Klara weniger geliebt, weil ich sie nicht habe herauskrabbeln sehen? Dummes Modegeschwätz von Psychologen!«

»Ja, ja«, sagte Klaus Peter. »Ich muss jetzt aber zurück. Klara will auch, dass ich dabei bin. Ich rufe wieder an, sobald das Kind da ist.« Er hängte ein.

Später wusste er nicht mehr zu sagen, was eigentlich vorgegangen war. Es blieb die Erinnerung an schlechte Luft, Beklemmung und eigene Hilflosigkeit. Sie hatten ihn auf einen Hocker gesetzt neben Klaras Kopf. Da ging er nicht allzu sehr im Weg um. Professor Fingerlein wies ihm diesen Platz zu und meinte, er solle sich rechtzeitig melden, wenn ihm schlecht werde. Immer diese Überheblichkeit der Mediziner, dachte Klaus Peter. Nur weil sie gewohnt sind, mit kruden Dingen umzugehen. Er beschloss, sich ganz auf Klaras Gesicht zu konzentrieren und das direkte Geschehen, weit darunter, unbeobachtet zu lassen. Schließlich, überlegte er sich, spiegelt sich im Gesicht alles, nur nicht so direkt. So sah er in Klaras Gesicht ihren Schmerz, der es verzerrte, ihre Anstrengung, die Muskeln und Adern anschwellen ließ, und ihre Entschlossenheit, etwas zum Ziel zu bringen, von dem sie glaubte, dass es ihr Glück sei. Er empfand Mitleid mit ihrem Schmerz und dennoch schämte er sich, als Beobachter in diesen Schmerz einzudringen. Der Respekt vor Klara, so kam es ihm in den Sinn, hätte geboten hinauszugehen. Ein altertümlicher Gedanke, würde Klara sagen, wenn sie ihn jetzt hörte. Er blieb sitzen und schloss einen Moment die Augen. Wie durch einen dämpfenden Nebel hörte er die Stimme von Professor Fingerlein, der von leiser werdenden Herztönen und davon sprach, dass die Nabelschnur sich um den Hals des Kindes gewickelt haben könnte. Er wolle den Kopf nun mit der Saugglocke beschleunigt aus dem Geburtskanal ziehen.

Später fragte sich Klaus Peter, wie denn diese Saugglocke ausgesehen habe. Er wusste es nicht. Er erinnerte sich nur an seine fast unerträgliche Spannung, in die ihn Professor Fingerleins Ankündigung versetzte, eine Spannung, die erst nachzulassen begann, als der Professor sagte, jetzt sei der Kopf heraußen.
Wenig später zeigten sie ihm seinen abgenabelten Sohn. Er erschrak vor der Unansehnlichkeit dieses winzigen, hochroten, runzligen Gesichts, auf dem Blut klebte. Nur der dichte schwarze Haarschopf tröstete ihn. Ein Stück von mir, dachte er.
Er ging zu Klara, küsste sie auf die Stirn und sagte: »Wir haben einen Sohn, Klara, den allerschönsten Sohn der Welt.«
»Ich weiß«, sagte sie.
Dieses Mal war seine Schwiegermutter am Telefon, als er anrief. Ihr wagte er, neben der frohen Botschaft, zu gestehen, dass er sich Babys schöner vorgestellt habe, wie barocke Putten etwa, rosig, mit rundlichen Gliedern und kleinen Speckfalten an den Gelenken.

»Später«, tröstete ihn Elisabeth Luise. »In wenigen Wochen wirst du deinen pausbäckigen Engel haben. Am Anfang sind wir alle runzlig. Und am Ende auch«, setzte sie leise hinzu und sie dachte an Augusts Bild in der Kaffeetasse, das sie so erschreckt hatte.

Die Taufe

David machte alles noch schlimmer. Zu was braucht ein Säugling einen Großvater? Klara hatte ihre Funktion. Sie stillte und sie tat dies demonstrativ, als wollte sie ihre nährende Nützlichkeit jedermann beweisen. August Geldern blieb nur die nörgelnde Bemerkung, zu seiner Zeit hätten die Mütter dies diskreter besorgt, worauf ihm sein Schwiegersohn Dürers Stillende Maria, Kupferstich des Jahres 1503, vor Augen hielt.

Merkwürdig, dass Elisabeth Luise, die keine Milch gab, auch als nützliches Familienmitglied anerkannt war. Plötzlich herrschte inniges Einverständnis zwischen Mutter und Tochter, obwohl die beiden doch noch vor wenigen Wochen häufig miteinander gestritten hatten. Einmütig gingen sie mit dem winzigen David um, als hätten sie nie etwas anderes getan. Nur wenn sich keine andere Ablage bot, legten sie ihn vorübergehend in Augusts täppischen Arm. Irgendetwas machte er dann immer falsch. Einmal hätte er den Kopf stützen sollen, ein andermal den Rücken.

Sein Schwiegersohn hielt sich auf Distanz. Er griff nur verbal ein, und immer waren es Hymnen des Entzückens. Davids Armbewegung fand er allerliebst, voller Grazie, seine Augen von faszinierender Leuchtkraft, seine Fingerchen »feinsinnig«. Das wollte nicht enden und Klara, das ärgerte August Geldern besonders, Klara fiel auf diese maßlosen Übertreibungen herein.

Sie fühlte sich geschmeichelt, sie ganz persönlich. Denn dies war für August offenkundig: Sie konnte zwischen sich und dem Kind nicht unterscheiden. Es war im Bauch ein Teil von ihr gewesen und warum sollte es jetzt, wo es auf ihrem Bauch lag, anders sein? Schmeicheleien nehmen Frauen immer ernst. Schamlos, dies auszunützen, dachte August Geldern, noch dazu während des partiellen Irreseins, das Mutterschaft für gewöhnlich auslöst. Wetten könnte ich, dachte August Geldern, dass Klaus Peter die postnatale Hässlichkeit seines Sohnes genau erkennt. Wie sollte er nicht, wo er doch glaubte, ein Ästhet zu sein. Das Debile des Gesichtsausdrucks, in dem noch kein Funke des Geistes zu finden ist, die Unfähigkeit zu lächeln, wo doch der Mensch erst mit dem Lächeln beginnt, die Leere der wässrigen Augen, die noch nichts festhalten können, nichts erkennen, ins Nichts abgleiten, unkoordiniert überdies, ja, zuweilen beängstigend schielend!

Über all das schwafelte er hinweg mit seiner Lieblichkeitstünche. So, wie er über Bilder schwafelt, dachte August Geldern, seitenweise, obwohl man das Schöpferische, wenn man es überhaupt entdeckt, gar nicht beschreiben kann, erfreulicherweise, sonst würden es die Kunsthistoriker totreden.

Wenn schon, dann Kunsthändler, dachte August Geldern. Da hat die Kunst ihren Preis und darüber lässt sich reden. Eingeteilt in Handelsklassen, und man muss sich auskennen, damit man nicht übers Ohr gehauen wird.

Das alles fiel August Geldern ein, während er in der Kirchenbank saß. Er ging das ganze Jahr nicht in die Kirche, aber heute sollte David getauft werden. Da gebot es der Familienanstand. Man hatte lange genug gestritten, ob überhaupt, ob jetzt oder später. Klaus Peter war für später. Wenn das Kind selbst entscheiden kann. Das war noch so ein 68er-Relikt. Das Kind als unbeschriebenes Blatt, das sich selbst beschreibt.

»Irgendwie muss man sein Kind erziehen«, hatte August seinem Schwiegersohn gesagt. »Evangelisch, katholisch, jüdisch, buddhistisch, atheistisch, irgendwie! Man kann es nicht einfrieren, bis der Verstand reif ist. Am nächsten liegt evangelisch. Das steckt schon in beiden Familien. Und bitte gleich«, hatte August gesagt. »Gleich, so lange der David noch im Kissen liegt und sich nicht regt. Ich hasse es, wenn die Täuflinge in der Kirche herumspringen, dummes Zeug plärren und mit dem Lasso eingefangen werden müssen, damit man sie zum Taufbecken schleppen kann.«

Jetzt lag David im weißen Taufkissen, hatte ein blaues Häubchen über den Haaren und schielte ergeben darunter hervor, ohne irgendetwas Selbstbestimmendes von sich zu geben.

Renate, die Schwester Klaus Peters, hielt ihn auf dem Arm. Ihr war die weibliche Patenrolle zuerkannt worden. August Geldern mochte sie so wenig wie seinen Schwiegersohn. Sie spielte Klavier, beruflich. Meistens versuchte sie es anderen beizubringen.

Aber wenn sie selbst spielte, kam nichts herüber. Jedenfalls August Geldern empfand es so. Sicher spielte sie jede Note richtig, auch laut bei forte und leise bei piano, aber sie verströmte keine Musik, keine, die unter die Haut ging. Sie sollte Musikgeschichte betreiben wie ihr Bruder Kunstgeschichte, hatte August einmal zu Elisabeth Luise gesagt. Sie schalt ihn boshaft und giftig.

Der männliche Pate, den Klara ausgesucht hatte, war mehr nach Augusts Geschmack, ein Studienfreund aus betriebswirtschaftlichen Zeiten, recht arriviert inzwischen. Modischer Kurzhaarschnitt im dichten blonden Haar, der Anzug dunkelgrau von Kiton, vorgefahren im 7er BMW, silber-metallic, fünf Minuten zu spät allerdings, als die Orgel bereits präludierte. Das Navigationssystem hatte ihn zu einer katholischen Kirche geführt, in derselben Straße, hundert Meter weiter östlich. Das System war nicht konfessions-adäquat programmiert.

Auch der Pfarrer musste katholisch infiziert sein, dachte August Geldern. Der schlichte schwarze Talar genügte ihm nicht. Er hatte eine Stola darüber geworfen in leuchtenden bunten Farben. Vielleicht wollte er sich mit der kindlichen Fröhlichkeit des Täuflings gemein machen, obgleich der weder lachen noch ihn verstehen konnte, so kindlich er auch auf ihn einredete. Solange die Orgel die Kirche füllte, hatte August Geldern das Gefühl, in einer besonderen Welt zu sein, einer, die höher war als die seines Alltags. Der Pfarrer will mir dieses Gefühl partout austreiben, dachte August Geldern, denn der redete nun, als säße er mit seinen Kindern daheim am Küchentisch und der liebe Gott flimmerte im Fernsehen. Von den Schutzengeln redete er, die um die Kinder seien. Klara hatte den Taufspruch aus dem 91. Psalm gewählt: »Gott hat seinen Engeln befohlen, dass sie dich behüten auf allen deinen Wegen«.

Warum gerade die Kinder, überlegte sich Geldern. Weil sie Gott näher sind als die Erwachsenen, sagte der Pfarrer.

Vielleicht hat er Recht, dachte Geldern. Näher an der Natur sind sie jedenfalls, instinktsicher. Das schützt besser als der Verstand. Als Klara damals in ihrer Kindheit die Treppe herunterstürzte, hatte sie sich eingerollt wie eine Katze, genau wie eine Katze, und sie war unversehrt geblieben.

Es sollte wieder gesungen werden. Geldern hätte sich auf die Orgel gefreut. Aber der Pfarrer holte seine Klampfe, setzte sich auf einen Stuhl und klopfte swingende Synkopen mit dem rechten Fuß. »Lieber Gott, schick uns deine Engel«, sang er und schollerte dazwischen. Dann kamen die Schlagerfreunde vollends auf ihre Rechnung: »Du bist ein Gedanke Gottes«, durften sie singen, »ein genialer noch dazu. Du bist du, das ist der Clou. Ja, du bist du.« Und der Pfarrer schollerte lustig.

Vom eigentlichen Taufakt konnte Geldern wenig sehen. Klaus Peter stand dazwischen und filmte. Jedenfalls schrie der tapfere kleine David nicht. Ein schönes Symbol ist es schon, dachte Geldern, der Anfang mit dem Wasser, ohne das kein Leben entsteht.

Er war bereit, dem Pfarrer alles zu verzeihen, als die Orgel wieder einsetzte zu dem jubelnden »Lobe den Herren, den mächtigen König der Ehren!« Welche Kraft hatte das 17. Jahrhundert, dachte August und sang aus Leibeskräften mit.

Das Lokal, in das sie anschließend zum Essen gingen, war auf eine vornehme Art bayerisch. Zirbelholz, dunkel gebeizt, wohin man blickte, Jagdbilder in alten Holzrahmen, Hirschgeweihe und Bierkrüge mit weiß-blauen Rauten. Es wurde Champagner ausgeschenkt.

August Geldern dachte, er könne sich das Recht des ersten Trinkspruches nehmen. Schließlich war er der Senior, eine Art Pater familias. Aber was er dann sah, verschlug ihm die Sprache. Man stand in der Runde, die Gläser gezückt, da nahm sich seine Tochter Klara einen Stuhl, stellte ihn ins Zentrum des Kreises, holte ihren kleinen Täufling, öffnete ihr Mieder und setzte David an, der sofort kräftig zu saugen begann und dazu genießerisch die Augen schloss.

Klaus Peter Tillmann nutzte das sprachlose Entsetzen seines Schwiegervaters und bat die Runde, auf das Wohl von Mutter und Kind zu trinken, nicht ohne das liebliche Bild zu preisen, das sich ihnen biete, ein Urbild des Lebens! Große Künstler habe es zu ihren herrlichsten Werken inspiriert!

Der tumbe Tanzbär, dachte August Geldern, jetzt trampelt er auch noch auf den Peinlichkeiten herum.

Seine Laune hob sich auch nicht, als ihm die Tischordnung den Platz neben der Gegenschwiegermutter, der Witwe Margarete Tillmann zuwies. Ihren Mann, einen ehrsamen Diplomingenieur der Elektrobranche, hatte sie früh verloren. Wie ihre Tochter Renate widmete sie sich seitdem der Klavierpädagogik und dies mit solcher Intensität von früh bis spät, dass sie sich breit gesessen hatte. Sie konnte sich nicht mehr auf ihren Stuhl beschränken und bedrängte August Geldern mit ihrer Überlast. Auch war es schwer, mit ihr den rechten Gesprächsstoff zu finden, wollte man nicht auf die Lieblichkeit des Täuflings rekurrieren und eben dies wollte August Geldern nicht. Zudem verriet sie ihrem Tischherrn, es sei eine Überraschung geplant. Nach dem Hauptgang werde sie sich vierhändig hören lassen, zusammen mit ihrer Tochter, dort drüben auf dem Klavier unter dem Hirschgeweih, eine Originalkomposition des göttlichen Schubert, das Grand Rondeau Opus 107. Vor dem Hauptgang aber komme noch die große Patenrede des Markus Renner, dem Herrn im Kiton-Anzug.

Herr Renner sprach wie in der Hauptversammlung: ein kleiner Scherz am Anfang, sonst ernst, wohlgesetzt und jedermann gefällig. Natürlich war vom tapferen David die Rede, und dass es viele Goliathe geben werde, die er besiegen müsse in seinem Leben. Von den glücklichen Gaben sprach Herr Renner, die beide Familien dem Kind in die Wiege gelegt hätten, den ökonomischen der Familie Geldern und den feinsinnig künstlerischen der Familie Tillmann. Wo sich aber das Schöpferische mit dem rechten Sinn zu wirtschaften paare, da könne Großes entspringen. Kunsthandel, dachte August Geldern wieder. Warum nicht Kunsthandel?

Nach den Rehmedaillons gingen Mutter und Tochter Tillmann an das Klavier unter dem Hirschgeweih. August Geldern erinnerte sich, dass schon sein Vater von den göttlichen Längen Schuberts gesprochen hatte. Bei den Tillmanns werden es nur Längen werden, dachte er und sah unwillig auf seine Armbanduhr. Bei der fünften Wiederholung des durchaus fröhlich-lieblichen Hauptthemas schlief er ein. Plötzlich und ruckartig sank sein Kinn auf die dunkelblaue Krawatte mit weißen Punkten. Seine Frau Elisabeth Luise, ihm gegenübersitzend, hatte ihn fest im Blick. Schon bei den ersten, noch durchaus zarten Schnarchtönen trat sie zu und traf den großen Zeh des rechten Fußes ihres Mannes, den er weit unter den Tisch gestreckt hatte. Das hätte sie nicht tun sollen. Denn, auf so brutale Weise aus dem ersten Schlaf aufgeschreckt, verabschiedete sich August aus dem Unbewussten mit dem Unmutsknurren eines hungrigen Löwen, einem Rachenlaut von zupackender Aggressivität.

Margarete Tillmann war bekannt und gefürchtet wegen ihrer Schreckhaftigkeit. Augusts Rachenlaut ließ sie zusammenzucken, als habe man einen Knallfrosch neben ihr gezündet. Sie griff mit ihren sonst so hurtigen Fingern jämmerlich daneben und musste mehr als zehn Sekunden pausieren, ehe sie der Aufforderung ihrer Tochter nachkommen konnte, nochmals bei K zu beginnen. Mit August sprach sie für den Rest des Mahles kein Wort mehr.

Als sie zu ihrem Auto gingen, schalt Elisabeth Luise ihren Mann einen unmöglichen Menschen. Er schwieg und dachte, so rasch werde er seinen Enkel nicht brauchen können, um seinen Ruhestand zu beleben. Vorderhand gehörte er den Frauen.

Klaus Peters Plan

Klaus Peter Tillmann war mit seiner Lage rundum zufrieden. Konservator an einem angesehenen Museum, verheiratet mit einer vermögenden und dennoch selbst zupackenden Frau und nun noch Vater eines gesunden Sohnes. Da konnte er einen nörgelnden Schwiegervater zur Not in Kauf nehmen.
Das weitaus Schwierigste war die Eroberung der Konservatorenstelle gewesen. Er hatte fleißig studiert und seine Promotion über Aquamanile des Mittelalters war mit magna cum laude benotet worden. Aber dann wurde ihm rasch klar, dass das mittelalterliche Kunsthandwerk für ihn keinen goldenen Boden hatte. Die Wissenschaft war ihm über den ausgetrockneten Aquamanilen sauer geworden. Er wollte da nicht weiterbohren und staubig werden. Vielmehr träumte er vom Glanz der großen Gemäldegalerien. Zwischen den riesigen Goldrahmen sah er sich als Herr und Meister flanieren, elegant gekleidet, umgeben von den Damen und Herren der besseren Gesellschaft, vor allem den Damen, die an seinem Mund hingen und nicht wussten, was sie mehr bewundern sollten, seine geistreichen Wortkaskaden oder den Wellenschwung seiner langen Haare. Gemälde des 19. Jahrhunderts, dachte er, wären der richtige Hintergrund für seine Selbstdarstellung. Das war die große Epoche des Bürgertums gewesen. Die reichen Erben des 20. Jahrhunderts wie die Neureichen hingen noch immer nostalgisch an dieser Epoche und borgten sich ihren Glanz.

Mit dem Bauhaus der Moderne war ja kein Staat zu machen. Die letzten dekorativen Girlanden hatte der Jugendstil geflochten.
Klaus Peter Tillmann, also, studierte mit Eifer das 19. Jahrhundert, die Griechentrunkenheit des Klassizismus, die bewegten Seelen der Romantik, die Lichtspiele der Impressionisten, den Talmiglanz des Historismus und die dekadenten Blüten des Jugendstils. Der finanzielle Nutzen, den er aus diesen Studien ziehen konnte, war zunächst gering. Er musste sich mit schlecht

bezahlten Führungen in den Galerien der Stadt begnügen. Aber bald wurde er bekannt. Sein Name tauchte in den Teegesprächen der höheren Damengesellschaft auf. Sein Charme, seine Beredsamkeit wurden gerühmt. Mit leichter Hand verband er Dichtung, Philosophie und Malerei, zog geistige Fäden kreuz und quer durch das Jahrhundert und hatte, bei aller Liebenswürdigkeit, stets etwas Weihevolles in der Stimme, das seine Zuhörerinnen erhob und zu ihm aufschauen ließ.

Eine seiner Bewunderinnen brachte ihn als Trophäe in ein Meeting des Inner-Wheel-Clubs ein, wo er eine halbe Stunde mit Lichtbildern Mystisches über Caspar David Friedrich erzählte.

Ein gütiges Geschick fügte es, dass gerade zu dieser Zeit Gertrude Goldhals den Club präsidierte. Frau Goldhals war die Gattin des Vorstandsvorsitzenden einer großen Bank und der wiederum führte den Förderverein des Landesmuseums an.

Frau Goldhals zeigte sich nicht nur beeindruckt, sie fühlte sich in tiefstem Herzen berührt von Tillmanns seelentiefer Kunstinterpretation. Ihre Begeisterung und die Ehrfurcht, mit der ihr Tillmann begegnete, verlieh ihr den Mut, den jungen Gelehrten um eine Sonderführung durch den Romantikersaal des Museums und anschließend zum Tee in den Salon ihres Hauses zu bitten. Dort saß er der Präsidentin ganz allein gegenüber und er spürte sehr bald, dass die Dame nicht so sehr an seinen kunsthistorischen Theorien, sondern mehr am betörend-tenoralen Klang seiner Stimme und den träumerischen Tiefen seiner Augen interessiert war. Dennoch beschränkte er sich beim Abschied auf die Andeutung eines Handkusses, wobei seine Stirnlocke herabfiel und ihre Hand leicht berührte. Dieses Spiel zwischen Zurückhaltung und sorgfältig berechneter Annäherung behielt er auch in künftigen Begegnungen bei. Er war sich stets bewusst, dass er *Herrn* Goldhals für sich gewinnen musste, wollte er im Museum dauerhaft Fuß fassen. Dazu war das Wohlwollen von Frau Goldhals nützlich, keineswegs aber eine zu weit gehende Vertrautheit mit ihr.

In dieselbe Zeit fiel Tillmanns erste Begegnung mit Klara Geldern. Klara hatte sich seiner Impressionistenführung anvertraut. Die hielt er nicht mit raunender, sondern mit hell strahlender

Stimme, in die sich Klara Hals über Kopf verliebte. In diesem Fall sah Tillmann keinen zwingenden Grund zur Zurückhaltung. Er kam Klaras Wünschen bereitwillig entgegen. Beinahe hätte ihm dies das Wohlwollen der Präsidentin Goldhals gekostet, denn in der Bank, der Herr Goldhals vorstand und der August Geldern eine Etage tiefer angehörte, hatte sich Klaras Glück herumgesprochen, das August Geldern eher als ein Unglück ansah. Frau Goldhals gab sich zunächst gekränkt, besann sich dann aber ihrer 50 Jahre und der Aussichtslosigkeit, mit Klaras 27 Lenzen in Konkurrenz zu treten. So sublimierte sie ihre Gefühle in mütterliche Fürsorge, was ihr das Recht gab, Klaus Peter Tillmann von Zeit zu Zeit aufmunternd durch die beiden Wellen seines dichten, dunklen Haares zu fahren und ihren Mann um Intervention beim Generaldirektor des Museums zu bitten, damit dieser Herrn Tillmann ein Volontariat anbiete.

War es so der goldene Arm des Herrn Goldhals, der ihn zum Volontär machte, so konnte er nach zwei Jahren für die dann frei werdende Konservatorenstelle »Gemälde des 19. Jahrhunderts« so viele sprühend-geistvolle Publikationen aufweisen, dass niemand ernsthaft behauptete, er habe seine Ernennung allein den Goldhälsen zu verdanken, deren Wohlwollen nach wie vor auf ihm ruhte.

Nun war er doch etwas! Beamter auf Lebenszeit. Aber nicht im Dienst einer Amtsstube, kein Bürokrat. Nein, er stand im Dienst von etwas Hohem, Weihevollen, im Dienst von Wissenschaft und Kunst. Zwar sagte er es niemand. Aber in seinem Inneren fühlte er sich am ehesten der Berufung des Priesters nahe. Dass sein Schwiegervater für diese Berufung nur Spott übrig hatte, kränkte ihn mehr, als er sich anmerken ließ.

Noch nicht ein einziges Mal hatte August sich seiner Führung durch die Sammlung 19. Jahrhundert anvertraut, während seine Schwiegermutter längst mit derselben Begeisterung an seinen Lippen hing wie Klara. Dabei wusste er, dass es seinem Schwiegervater langweilig wurde im Ruhestand und dies brachte ihn auf eine Idee, wie es gelingen könnte, ihn ins Museum zu locken.

Es war im Salon seiner mütterlichen Gönnerin Gertrude Goldhals. In loser Folge bat sie ihn noch immer zum Tee. Im »offiziellen« Teil behandelten sie jeweils ein berühmtes Gemälde des 19. Jahrhunderts, um sich dann in zwanglose Plaudereien zu verlieren. Sie saßen immer um dasselbe ovale Tischchen aus Kirschholz in blau gepolsterten Empire-Stühlchen und die Teetassen standen auf silbernem Tablett. Diesmal hatte Klaus Peter Tillmann über Edouard Manets Frühstück im Atelier doziert und schließlich als allgemein gültig verkündet, dass das, was so ungemein spontan und zufällig erscheine, in Wahrheit das Ergebnis sorgfältiger Planung und Komposition sei. Frau Goldhals dachte an Klaus Peters Wellenschwung im dichten Haar, in dem sie sich so gern mütterlich verlor, und lächelte in sich hinein.

Da ließ es Klaus Peter für heute genug sein, lehnte sich zurück und lockerte den Ton von dem des Kunstpriesters in den des Plauderers.

Von den Schwierigkeiten seines Schwiegervaters, erzählte er, aus dem ungemein aktiven Leben eines Bankmanagers in das eines Pensionisten zu finden, der, wie man sagt, in Ruhe steht. Seine Stimme klang dabei verständnisvoll mitleidend.

Frau Goldhals verwunderte die Langeweile des ihr wohl bekannten Herrn Geldern. Die Welt sei voller interessanter Dinge, meinte sie. Man müsse nur die Augen aufmachen. Das Museum, zum Beispiel, sei ein einziger Augenschmaus. Warum denn August Geldern nicht dorthin gehe, zumal er durch seinen Schwiegersohn eine Anleitung genießen könne, um die ihn Hunderte bildungshungriger Bürger beneideten.

Klaus Peter Tillmann errötete leicht.

»Sehen Sie, liebste Frau Goldhals«, sagte er. »Eben dies will mein Schwiegervater nicht. Er war jahrzehntelang ein Bestimmer. Natürlich unter der gütig-weisen Oberleitung Ihres verehrten Gatten. Ich vergesse das nicht, liebe gnädige Frau. Aber er hatte die Kompetenz, vielen Mitarbeitern zu sagen, was sie zu tun haben. Und jetzt soll er sich von seinem Schwiegersohn anleiten lassen? Da macht er nicht mit, und ich verstehe das.

Mein Schwiegervater will selbst etwas gestalten, Kompetenz haben, es besser wissen. Sonst ist er nicht aus dem Gehäuse zu locken, in das er sich zurückgezogen hat.«

»Nun«, meinte Frau Goldhals, »warum sollte es für ihn nichts zu gestalten geben in diesem unseren Museum? Immer klagt mein Mann, wie dilettantisch sie dort mit dem Geld umgehen. Sie verwalten Gemälde wie einstmals die preußische Kavallerie ihre Hufnägel. Na ja, Sie wissen ja, er übertreibt gerne, der Heinrich, und ist ein großer Spötter. Aber ein wenig hinter der Zeit müssen sie schon sein, diese Inspektoren. Kosten-Leistungsrechnung und so was ist ihnen ein böhmisches Dorf. Warum soll da Ihr Schwiegervater nicht ein wenig aufklären, frischen Wind in die Stuben blasen, seinen Erfahrungsschatz ausschütten?«

Klaus Peter hatte zwei Einwände. Einmal äußerte er Zweifel, ob das Museum sich so etwas antun würde. Zum Zweiten fürchtete er, August werde nicht mitspielen bei all der Verachtung, die er schon über Kunsthistoriker und ihr Gewerbe geäußert hatte.

Aber Frau Geldern war voller Optimismus: »Das Museum untersteht der Alleinherrschaft des Generaldirektors. Mitgerede gibt es da nicht, also auch keine Opposition. Meinem Mann hat der Generaldirektor noch nie eine Bitte abgeschlagen und mein Mann mir auch nicht. Also, das Museum wird wollen. Es profitiert doch nur davon. Und Ihr Schwiegervater wird nichts dafür verlangen.

Was nun August Geldern anlangt, so ist er wiederum gewohnt meinem Mann zu folgen. Er wird es auch hier tun. Mein Mann und der Generaldirektor werden ihn gemeinsam bitten, werden ihm sagen, wie dringend sie ihn brauchen als Retter in der Not. Und er wird sich geschmeichelt fühlen und ja sagen, Sie werden es sehen, lieber Herr Tillmann.«

Klaus Peter ging sehr befriedigt von diesem Teegespräch. Er hatte Gertrude Goldhals genau den Vorschlag entlockt, den er schon seit Wochen in seinem Kopf bewegte. Auch ein Kunstwerk, lobte er sich selbst. Was so spontan und zufällig aussieht, war das Ergebnis meiner sorgfältigen Planung und Komposition.

Im Museum

Als August Geldern dem Verwaltungsleiter des Museums gegenüber saß, ärgerte er sich, vor einer halben Stunde »ja« gesagt zu haben. Was sollte er hier? Wenn dieser Amtsrat Strieling wenigstens ein typischer Beamter gewesen wäre. Aber er sah aus wie ein Möchtegern-Künstler. Lange rotblonde Haarsträhnen endeten auf seinem ausgewaschenen Pullover, dessen Farbe einmal beige gewesen sein mochte. Den V-Ausschnitt füllte ein angeschmutztes, weißes T-Shirt. Die Beine steckten in hellblauen Jeans, die Füße in braunen Sandalen. Seine wässrigen Augen sahen schläfrig aus einem »rossmuckigen« Gesicht. Das Adjektiv »rossmuckig« fiel August Geldern zum ersten Mal seit seiner Kindheit wieder ein. Hochdeutsch hieß das »sommersprossig«. Aber zu Herrn Strieling passte besser »rossmuckig«, denn die Flecken saßen wie kleine Fliegen auf der weißen Haut. Strieling öffnete seinen Mund ungern, vielleicht, weil seine oberen Schneidezähne kreuz und quer standen. Aber da er nicht besonders eitel war, lagen die Gründe wohl tiefer. Er hielt sich nicht für auskunftspflichtig. Niemandem gegenüber. Schon erst recht nicht gegenüber einem pensionierten »Bänker«, der ihm das Verwalten beibringen wollte. Für ihn öffnete er die Lippen nur wenige Millimeter, so dass August Geldern dreimal nachfragen musste, ehe er herausfand, dass die Antwort nichts sagend war.

Dabei hatte alles so glanzvoll begonnen. Nie hatte ihn Hermann Goldhals während seiner aktiven Dienstzeit mit so strahlender Liebenswürdigkeit empfangen wie heute im Büro des Generaldirektors Schönmann. Man bot ihm den breitesten Ledersessel an, mit dem Rücken zur großen Panoramascheibe, deren Licht ihn so nicht blenden konnte.

Die Sekretärin zeigte ehrerbietigen Ernst, als sie ihn fragte, ob er Kaffee oder Tee wolle, und sie stellte mit einem wissenden Lächeln ein Tellerchen mit Florentinern neben die Teetasse, als könne sie ihm seine Vorliebe für dieses Gebäck von den Augen ablesen.

Das Haus hat Niveau, hatte er gedacht, und durchaus bewundernd auf den riesigen Schreibtisch des Generaldirektors geblickt, der sich oval in den Raum bog. Wenigstens einen halben Meter breiter als meiner in der Bank, ging es ihm durch den Kopf. Man könnte eine Spielzeugeisenbahn darauf laufen lassen. Solche Kinderwünsche kamen ihm in letzter Zeit öfter, und wenn er sich dabei erwischte, schalt er sich, kindisch zu werden.

Herr Goldhals hatte ihn gelobt, seine organisatorischen Fähigkeiten, seinen Durchblick, seine Kunst, mit Menschen umzugehen, sein Gespür für den Geldmarkt. Und dann war Herr Schönmann eingefallen: »Genau das brauchen wir, verehrter Herr Geldern, den Rat einer solchen Koryphäe. Sagen Sie nicht nein! Helfen Sie uns!«

Herr Schönmann hatte etwas Theatralisches an sich. Seine dunklen Augen funkelten in malerischem Kontrast zu seinen sorgfältig nach hinten gekämmten Haaren, die früh weiß geworden waren. Er streckte seine Arme aus, als wolle er August Geldern an seine Brust ziehen.

Geldern spielte zunächst auf Zeitgewinn. Nur nicht gleich vereinnahmen lassen, dachte er. Er wollte das Konkrete wissen, seine Rechtsposition, seine Arbeitsbedingungen. Herr Schönmann war nicht verlegen.

»Sie sind mein Berater!«, sagte er unverändert strahlend. »Mein Berater in Fragen der Organisation, der Finanzen, des Haushalts, des Personals. Wir schließen einen Beratervertrag. Sie bekommen eine kleine Aufwandsentschädigung, über deren Höhe noch zu reden wäre. Ein bescheidenes Dienstzimmer können wir Ihnen auch einrichten, und wenn Sie etwas zu schreiben haben, steht Ihnen eine Schreibkraft zur Verfügung. Natürlich sind Sie nicht an feste Dienstzeiten gebunden. Aber wenn Sie so zwei Tage pro Woche im Museum verbrächten, wäre uns das angenehm.«

Das mit dem Dienstzimmer und der Schreibkraft hatte Geldern sofort fasziniert. Es war, wie wenn ihm jemand eine neue Heimat angeboten hätte. Er sah wieder einen Schreibtisch vor sich, auf den er sich stützen konnte. Ein weibliches Wesen fragte nach seinen Wünschen und verwandelte seine Gedanken in lasergedruckte Offenbarungen. Vielleicht würde sie ihn sogar mit Kaffee versorgen. Fast alle Frauen kochen gerne Kaffee.

August Geldern wirkte eine Weile verträumt, so dass ihn Herr Schönmann verwundert ansah. Hatte er ihn nun gewonnen oder nicht? Er beschloss, ohne Zögern nachzustoßen.

»Ich sehe«, sagte er, »Sie werden uns Ihren Rat nicht verweigern. Willkommen in unserem Team, Herr Geldern!«

Er sprang auf und streckte August Geldern seine Hand entgegen.

Und der schlug ein, noch immer ein wenig benommen von dem Traum, eine neue Heimat zu finden.

Dann geleitete ihn der Generaldirektor zu Amtsrat Strieling, während sich Herr Goldhals verabschiedete, erleichtert, seiner Frau den erfolgreichen Vollzug ihres Auftrags melden zu können.

Strieling sollte die Details regeln, den Vertrag entwerfen, das Haus zeigen, das Zimmer zuweisen und in die Geheimnisse der Haushaltsführung und der Organisation des Hauses einführen.

Aber Strieling, das erkannte August Geldern sofort, liebte mehr den ruhenden als den fließenden Verkehr.

Auf seinem Schreibtisch ruhten acht Aktenstapel, die annähernd die Sitzgröße des Amtsrats erreichten. In der Mitte hatte er eine Schneise frei gelassen, um seine Besucher zu erkennen. Die Wand hinter ihm war zugestellt mit halbhohen Regalen, auf denen sich die Akten in gleicher Weise stapelten.

»Mein Gott!«, sagte Herr Geldern. »Wann wollen Sie diese Berge jemals abarbeiten?«

»Warum sollte ich?«, antwortete Herr Strieling knapp und leise.

Eine Weile betrachteten sich die beiden Herren schweigend durch die Aktenschneise. Dann bequemte sich Herr Strieling zu einer Erläuterung, wenn auch durch einen so schmalen Lippenspalt, dass August Geldern mehr erriet als verstand.

»Sehen Sie«, mochte Herr Strieling etwa gesagt haben, »früher oder später erledigt sich alles von selbst. Es ist nur eine Frage der Zeit. Eine Anfrage bleibt zwei Monate unruhig, eine andere ein

Jahr, eine dritte zehn Jahre. Irgendwann sterben sie alle, wenn sie kein Echo finden, werden zu Aktenleichen. Man muss nur Geduld haben, die Ruhe bewahren. Erst kommen Mahnungen, wütende Rückfragen, Beschwerden, dann erlahmt das Interesse, schließlich geben sie auf.

Die Zeit schafft Ruhe, denn«, jetzt blickte Strieling andächtig zur Decke, »denn, Herr Geldern, sie mündet in die Ewigkeit.«

So jedenfalls glaubte Geldern, Strieling zu verstehen. Ein Kauz, dachte er, Neurotiker oder so. Jedenfalls tickt er nicht richtig. Vielleicht kann man ihn bald über den Amtsarzt loswerden.

Strieling erhob sich. »Zunächst die Schlüssel, Herr Geldern!«, sagte er und überreichte August Geldern einen stattlichen Schlüsselbund. »Der für Ihr Zimmer, der für den Aufzug, hier der Generalschlüssel für den Altbau, daneben der für den Neubau, dann der für die Bibliothek« und so ging es weiter. »Sicherheit ist im Museum so wichtig wie im Strafvollzug«, sagte Strieling.

»Kunstobjekte als Sträflinge und Museumsbeamte als Gefängniswärter«, bemerkte Geldern, um mit einem Scherz das Klima zu verbessern. Aber Strieling verzog nicht einmal seinen Mundwinkel.

»Ab 18 Uhr sind die Ausstellungsräume scharf geschaltet«, sagte er drohend.

»Minen?«, warf Geldern grinsend ein.

»Alarm«, sagte Strieling mit unverändertem Ernst. »Sie müssen die Wache verständigen, bevor Sie eindringen. Sonst lösen Sie Alarm aus. Und vergessen Sie nicht: Wo immer Sie aufsperren, sperren Sie hinter sich zu! Ich zeige Ihnen jetzt Ihr Zimmer«, fuhr Strieling fort. »Beste Lage, in der ersten Etage, nur wenige Meter von der Generaldirektion entfernt!«

Als Geldern die Türe öffnete, traf ihn die Kahlheit wie ein Kälteschock. Weiße, leere Wände, zwei weiße Kunststofftische mit Stahlbeinen, einer mit vier schwarzen Stühlen, der andere mit einem. Der Letztere war wohl als Schreibtisch gedacht. Er trug ein Telefon. An der Rückwand stand ein halbhohes, leeres Regal, weiß, kunststoffbeschichtet, neben der Türe ein Kleiderständer aus Aluminium.

»In diese kahle Zelle wollen Sie mich sperren!«, rief Geldern empört. »Das ist unzumutbar!«

»Wir sind arm«, entgegnete Strieling ungerührt. »Sie kommen von einer reichen Bank. Herr Goldhals unterstützt Sie. Seine Frau hat schon viel für Ihren Schwiegersohn getan.«

Hier erlaubte sich Strieling ein anzügliches Grinsen, das Geldern ungemein störte. »Man wird Ihnen eine angemessene Büroeinrichtung stiften, wenn Sie darum bitten, Herr Geldern. Das kostet Sie ein Wort und meine knappe Kasse bleibt ungeplündert. Für die Wände wird sich etwas finden aus dem Depot Ihres Schwiegersohnes. Obwohl die Wissenschaftler da komisch sind. Bilder sind für sie Forschungsobjekte und keine Wanddekoration. Ein Gemälde übers Bücherregal hängen, das nimmt dem Objekt die Würde. Dann schon besser in der Dunkelheit des Depots lassen. Aber für Sie wird Ihr Schwiegersohn wohl eine Ausnahme machen, da bin ich ziemlich sicher! Jetzt schauen wir nebenan, ob Frau Haberkorn da ist, die für Sie schreiben wird.«

Frau Haberkorn gab Geldern den Glauben an die neue Heimat wieder. Sie war eine Matrone, nicht eine von den verbiesterten, nein, sie hatte alle Leidenschaft umgewandelt in abgerundete, mütterliche Güte. »Herr Direktor«, sagte sie zu Geldern in einem Ton fürsorgender Unterordnung und sie fragte sogleich, ob er der Stärkung bedürfe. Zwar lehnte er den angebotenen Kaffee ab. Aber er warf Frau Haberkorn einen Blick voller Dankbarkeit zu, ehe er Herrn Strieling folgte, der zur Fortsetzung des Rundgangs drängte. Ausstellungsräume, die kenne er ja sicher, meinte Strieling. Aber Depots, die müsse er kennen lernen. Die seien das Herzstück eines Museums.

800 000 Objekte verwalte das Museum. Davon seien 776 000 im Depot, der Rest werde in den Schausammlungen den Besuchern vorgeführt.

»Da können Sie ermessen, wo das Schwergewicht liegt«, sagte Strieling, während sie mit dem Lift in die Tiefe fuhren wie in ein Bergwerk.

»Ich liebe die Depots«, bekannte Strieling. »Jeden Tag verbringe ich wenigstens eine halbe Stunde hier unten. Schon den Geruch finde ich faszinierend. Staub, Holz, Stein, Farbe, Moder, ich kann es nicht definieren. Der Geruch hat etwas vom Atem des Todes. Erschrecken Sie nicht. Man kann sich damit vertraut machen. Und dann die herrliche Stille. Kein Objekt bewegt sich, nicht ein Millimeter Veränderung! Auch begegnen Sie niemand. Hundert zu eins! Ich meine: An hundert Tagen sind Sie allein. An einem kommt jemand, der etwas holt, bringt oder sucht.

Ich denke, wir gehen in das Skulpturendepot. Es ist mir am liebsten, wegen der vielen leblosen Körper, die herumliegen.« Strieling schloss auf und schaltete die Neonleuchten ein, deren bleiches Licht über Körper und Köpfe strich. In Holz überwog Christus, von der Gotik bis ins 19. Jahrhundert. Fast immer war es der gekreuzigte Christus. Manchmal fehlte das Kreuz, manchmal ein Arm, manchmal war die Nase abgeschlagen, oder der ganze Kopf.

»Merkwürdig«, sagte Geldern zu Strieling, um das Schweigen zu brechen, »am liebsten haben die Künstler immer den sterbenden Christus dargestellt. Warum nicht den lebendigen Prediger, den Wunderheiler oder den Auferstandenen?«

Strieling machte eine wegwerfende Handbewegung. Dann brummte er fast unverständlich: »Was ist schon bedeutend im Leben außer dem Tod?«

Wesentlich lauter und deutlicher fuhr er fort: »Da drüben haben Sie Ihren lebendigen Christus, auf dem Palmesel. Der Einzug in Jerusalem! Volkstheater, nicht mehr! Das müssen Sie doch zugeben!«

Er deutete auf einen grau gestrichenen Holzesel mit fahrbarem Untersatz, dessen Reiter in bunten Gewändern mehr an Oberammergau als an Jerusalem denken ließ.

»Die Sammlung der Steinköpfe, das hat mehr Format!« Strieling deutete auf eine mehrstöckige Holzstellage, wie sie Geldern aus seiner Kindheit als Kartoffellagerstätte in Erinnerung hatte. Auf jeder Etage lagerten zwei Reihen Köpfe. Die einen waren offensichtlich dereinst mit Gewalt vom Rumpf getrennt worden, die anderen hatten die Bildhauer von vornherein als Büsten geschaffen. Ganz im Eck, an der Wand, wo die Neonröhre nur wenig ausrichtete, standen Mussolini und Hindenburg.

»Hitler haben die Amis mitgenommen, als Souvenir«, sagte Strieling.

Geldern wollte zum Organisatorischen überleiten. »Sind denn all die Objekte registriert?«, wollte er wissen. »Elektronisch gespeichert?«

»Jeder Sammlungsleiter hat seine Karteikästen«, sagte Strieling. »Vollständig ist keiner. Elektronisch? Nee, da ist nichts! Nach mir, nach mir, Herr Geldern. Wir sind doch kein Ersatzteillager. Das muss nicht alles verfügbar sein und so!

Ein Museum braucht seine Geheimnisse und einen langen Atem!«

Geldern schüttelte den Kopf, aber er wollte jetzt nicht mit Strieling streiten. Er hatte Elisabeth Luise versprochen, um ein Uhr zum Essen zu kommen und es war schon zehn Minuten vor eins.

So drängte er hinauf ans Tageslicht und versprach Strieling, am Nachmittag wieder zu kommen.

Elisabeth Luise war nicht im Geringsten überrascht, als er vom Angebot der Herren Schönmann und Goldhals berichtete. Sie wollte nur umgehend wissen, ob er angenommen habe. »Ich hoffe doch, du hast zugesagt!«, rief sie aus. »Eine wunderbare, hoch interessante Beschäftigung für dich!«

August Geldern entgegnete, er habe mündlich eingewilligt, wisse nach seinen Erfahrungen mit Verwaltungsleiter Strieling aber nicht, ob dies klug gewesen sei.

Elisabeth Luise wollte von Bedenken nichts wissen. Zwei Tage, meinte sie, da würde sie Dienstag und Mittwoch vorschlagen. Dienstag komme die Putzfrau und für Mittwoch habe sie Klara bereits versprochen, den David zu nehmen. Einmal müsse Klara ja auch ihre Ruhe haben.

»Ja«, sagte August, »dann eben Dienstag und Mittwoch. Und er hatte den Eindruck, er sei in einem Netz, an dem viele knüpften, nur nicht er selbst.

Balsam für die Seele

Ihre Treffen mit Herrn Wohlleb hielt Elisabeth Luise Geldern vor ihrem Mann geheim. Nicht dass sich dabei etwas Ehewidriges abgespielt hätte. Sie saßen im Café und ratschten. Nie länger als eine halbe Stunde übrigens, denn Wohlleb musste an seinen Arbeitsplatz in der Bank zurückkehren.

Nein, es ging nicht um Herzensregungen. Was Elisabeth Luise an Herrn Wohlleb schätzte, war seine Kunst zuzuhören. Er öffnete sich wie ein Schwamm und saugte ihren Redefluss auf ohne Widerstand.

Ein schlechtes Gewissen hatte Frau Geldern trotzdem. Sie fütterte Herrn Wohlleb häufig mit Nachrichten und Meinungsäußerungen über ihren Mann und gerade dies empfand sie als reizvoll und entspannend. Mit Bedacht hatte sie die Treffen auf den Mittwoch gelegt, wenn sie auf dem Weg war zu ihrer Tochter, um David zu hüten, während August das Museum beriet. Es redete sich leichter über August, wenn sie ihn außer Hauses wusste. Dass ihr Mann nun eine Beschäftigung habe, sagte sie zu Wohlleb, sei sicher gut. Aber ob das Museum das Richtige sei, daran zweifle sie manchmal. Anfangs habe er viel von Reform gesprochen und davon, was er alles in Schwung bringen wolle. Beim Frühstück rede er auch jetzt noch so. Aber abends wirke er dann stark gebremst und schweige. Manchmal habe sie Angst, er könne die Bremsen über Nacht nicht mehr lockern und dann falle auch beim Frühstück kein Wort.

»Vielleicht sehe ich Gespenster«, sagte Frau Geldern. »Aber ich habe das Gefühl, das Museum macht den August langsamer, in der Bewegung, im Reden, sogar beim Lachen. Er lacht jetzt mit Pausen.«

»Aber Frau Geldern«, warf Herr Wohlleb ein. »Mit Ihnen geht Ihre Fantasie durch. Ich habe Ihren Mann gestern getroffen und er war munter wie immer.« Frau Geldern stocherte nachdenklich mit der Gabel in einer Linzer Schnitte, ohne die so gewonnenen Krümel zum Mund zu führen.

»So einfach ist das nicht«, sagte sie dann. »Heute früh sagte August, nachdem er das erste Brötchen schweigend gegessen hatte: ›Gestern war ich wieder im Skulpturen-Depot bei Herrn Strielings Leichen. Manche sind nicht registriert. Niemand kennt sie. Ob sie damit überhaupt existieren? Etwas, das seit 100 Jahren da ist und nicht wahrgenommen wird, ist das existent? Ich meine, gibt es eine Existenz ohne menschliche Wahrnehmung?‹ Und dann hat er wieder geschwiegen und sein zweites Brötchen gekaut. Ich bitte Sie, Herr Wohlleb, können Sie sich einen solchen Ausspruch meines Mannes vorstellen, solange er noch bei der Bank gearbeitet hat?«

»Natürlich nicht«, sagte Herr Wohlleb. »Wir haben auch keine Leichen im Depot. Wir sind doch nicht in der Schweiz oder in Liechtenstein, hätte ich beinahe gesagt. Aber vergessen Sie den dummen Scherz.«

Gerade in dem Moment mussten sie sich wieder trennen, weil Wohlleb die Bank rief. Frau Geldern wurde ihre Sorgen nur in Raten los. Jeden Mittwoch eine halbe Stunde.

Das nächste Mal ging es um das Verhältnis ihres Mannes zu ihrem Schwiegersohn. Sie hätte auch sagen können »zu seinem Schwiegersohn«. Aber sie sprach immer besitzergreifend von »meinem Schwiegersohn«. Eine wesentliche Besserung dieses Verhältnisses habe sie sich erhofft, denn die Arbeit im selben Museum verbinde doch wohl, sollte man meinen, und fördere das gegenseitige Verständnis.

Aber das könne man, jedenfalls bei ihrem Mann, nicht sagen. »Der lästert nur noch mehr über Klaus Peter«, klagte Frau Geldern. »Im Museum, sagt er, schätzen ihn allenfalls die älteren Damen. Sein Pathos sei ebenso out wie seine langen Haare. Die jungen Volontärinnen, sagt mein Mann, schwärmen für den Dr. Kühlmann, der die Skulpturensammlung leitet. Der trage Kurzhaarschnitt und Jeans und sei für präzise Sachlichkeit.

Alles was recht ist, Herr Wohlleb, warum sollten August und ich Wert darauf legen, dass junge Volontärinnen für unseren Schwiegersohn schwärmen? Das kann doch nicht in Klaras Interesse liegen! Im Übrigen ist das modische Urteil dieser jungen Gänse völlig belanglos. Das gereifte Urteil zählt, und dass mein

Mann das nicht zu schätzen weiß, Herr Wohlleb, das schmerzt mich. Trotzdem, ich hab' keine Vorurteile. Ich wollte mich selbst überzeugen von diesem Dr. Kühlmann. Gestern war ich in seinem Vortrag über eine Figurengruppe von Veit Stoß. ›Der Erzengel Raphael und der junge Tobias.‹ Jeans, Polohemd und Sportjacke, würden Sie das in der Bank dulden, Herr Wohlleb, dass jemand in diesem Aufzug einen Vortrag hält?

Und was hätte Klaus Peter aus diesem Thema gemacht! Die Faltenschwünge des Engelsgewands hätten ihn emporgetragen in höchste Höhen des Geistes. Dem Flug der Engel durch die Epochen der Kunst wäre er gefolgt. Dichtung hätte er zitiert. ›Wer, wenn ich schrie, hörte mich denn aus der Engel Ordnungen?‹ Das Engelbild im Alten und Neuen Testament hätte er beleuchtet. Nichts von alledem bei Herrn Kühlmann. Er blieb distanziert gegenüber dem Genie eines Veit Stoß. Von Manierismus hat er bei ihm gesprochen, stellen Sie sich vor, Herr Wohlleb, von Manierismus. Aber das sei für ihn nichts Abträgliches, hat er gesagt. Manierismus, das sei höchste Virtuosität in der Form. Und um die Form gehe es doch wohl in der Kunst. Der Inhalt, hat er gesagt, sei eigentlich nebensächlich. Der Inhalt sei das Leben, was sonst? Ob Stillleben oder Lautleben, zur Kunst werde das erst durch die Gestaltung, also durch die Form. Was sagen Sie dazu, Herr Wohlleb? Ist das nicht der reine Formalismus? Und da haben die unreifen Volontärinnen wie wild Beifall geklatscht! Für mich, lieber Herr Wohlleb, geht es bei der Kunst um Ausdruck. Die Seele des Künstlers muss ich spüren, in welcher Form auch immer. Die Seele, Herr Wohlleb! Und unser Klaus Peter, das lass ich mir nicht nehmen, der hat ein Gespür für die Seele im Kunstwerk. Der kann sie vermitteln, allen die dafür offen sind. Der kann das, weil er selbst ein Seelenmensch ist, der Klaus Peter! Das hab' ich auch dem August gesagt, klipp und klar hab' ich ihm meine Meinung gesagt. Und wissen Sie, wie er darauf reagiert hat? Ausgelacht hat er mich. Eine unverbesserliche Seelentante hat er mich genannt. Und den Kühlmann, den Kühlmann fand er ganz vernünftig. Wissen Sie, Herr Wohlleb, ich fand das so lieblos. Ich hab' seitdem kein Wort mehr mit meinem Mann geredet, kein Wort mehr!«

Herr Wohlleb spürte, dass jetzt diplomatisches Geschick gefragt war, über das er nur in Maßen verfügte. »Nun ja«, sagte er. »Ihr Mann hatte da sicher keinen guten Tag. Das mit der ›Seelentante‹ war ein böser Ausrutscher, den er gewiss längst bereut, wie ich ihn kenne. Was die Form und die Seele des Kunstwerks anlangt, sollten Sie den Beruf Ihres Mannes nicht außer Acht lassen. Wir Bänker haben viel mit der Form zu tun, mit der Seele weniger. Da fällt es Ihrem Mann gewiss leichter, sich dem Kunstwerk über die Form zu nähern als über die Seele. Bei Ihnen mag es umgekehrt sein, liebe Frau Geldern. Das hindert nicht, dass Sie sich, wenn der Zorn verraucht ist, mit Ihrem Mann irgendwo in der Mitte treffen.«

Frau Geldern war dies zu viel Diplomatie und zu wenig Parteinahme für ihre Seele. Sie war ungnädig, als sie sich verabschiedete, um zu ihrem Enkel David zu eilen, und fest entschlossen, Herrn Wohlleb durch eine vierwöchige Pause zu bestrafen.

Bei David, dem süßen Kleinen, war sie sicher, dass er ihrer Seele Balsam geben würde. Wenn Klara auf ihr Klingeln die Wohnungstür öffnete, kam David hinter seiner Mutter herangerobbt, neugierig, wer ihn besuchte.

Behände zog er sich mit seinen Unterarmen über das glatte Parkett, ließ die Beine gestreckt und unterstützte die Arbeit der Arme nur hin und wieder durch ein schlangenartiges Auf und Ab des Beckens. Den nahe liegenden Einsatz der Knie, der das Robben zum Krabbeln erhoben hätte, lehnte er ab. Er war wohl der Meinung, dass das harte Holz seinen Knien nicht wohl tue, wie er denn überhaupt die Erfahrung seiner acht Monate geschickt einsetzte, die Unbill des Lebens zu minimieren. Vor seiner Oma angelangt, erhob er sich zum gestreckten Liegestütz, hielt den Kopf schräg nach oben und strahlte seelenerwärmend, wobei ein distanzierterer Beobachter als Frau Geldern einen spitzbübischen Vorbehalt in den hochgezogenen Mundwinkeln entdeckt hätte.

Bei Frau Geldern weckte der strahlende Blick das unwiderstehliche Verlangen, den robbenden Seelenwärmer näher an sich zu ziehen. Sie hob ihn empor, küsste ihn auf seine runden, roten Backen und übergoss ihn mit liebkosenden Worten: »Bist du ein Süßer, ein ganz Süßer! Und was er für runde Bäckchen hat, der

Süße«, und so ging es weiter. David hörte sich das an mit einem Lächeln, das Nachsicht mit den Marotten Erwachsener verhieß. Grenzenlos war diese Nachsicht allerdings nicht. Die umklammernde Nähe begann, ihm Unbehagen zu bereiten. Er ruderte ungeduldig mit den Armen, Luftschläge, die warnen sollten, aber schließlich auf Elisabeth Luises Backenknochen landeten, als sie allzu lange unbeachtet blieben. David war jetzt vorübergehend kein »Süßer« mehr, sondern ein »Wilder«, »ein ganz ein Wilder«. Aber er wurde auf den Fußboden entlassen und konnte über den Gang zu seinem Lieblingsobjekt robben, einem dicken Quelle-Katalog, aus dem er mit Behagen Seite um Seite herausriss und raschelnd zerknüllte.

So wechselte der Nachmittag zwischen Liebkosung und ungebändigtem Freiheitsdrang. In Momenten, in denen sich Elisabeth Luise ein wenig vom Geschehen löste, dachte sie, so sei es früher auch mit August gewesen, dieser Wechsel zwischen zärtlicher Nähe und unwirschem Drängen irgendwohin. Jetzt, sinnierte sie, ist alles so gleichmäßig geworden, nicht zu nah und nicht zu fern. Sie zog den kleinen David an sich und freute sich, als er sich kräftig wehrte. »Du bist ein ganz ein wilder Süßer, Du«, sagte sie und lachte.

Entenbilder

Amtsrat Strieling konnte Klaus Peter Tillmann kaum beruhigen. Wenn er wenigstens Platz genommen hätte. Aber er stand oder rannte auf und ab in Strielings kleinem Zimmer, zwei Meter hin, zwei Meter her. So musste Strieling auch stehen bleiben hinter seinen Aktenbergen, die ihm in dieser Position nur bis zur Brust reichten und daher keine Deckung boten.

»Wie konnten Sie dem Kollegen Kühlmann neue Möbel beschaffen, während ich in sperrmüllreifen Wracks sitze?«, schleuderte ihm Tillmann entgegen. Ich habe meinen Augen nicht getraut: Kühlmann auf neuen Ledersesseln und um ihn die Welt mit Nussbaum furniert! Wo bleibt da die Gleichheit vor Ihrem Geldsack, Herr Strieling?«

»Gleichheit, Herr Tillmann, gilt nur für gleiche Sachverhalte. Wissen Sie denn nicht, dass Herr Kühlmann am Ersten Hauptkonservator geworden ist?«

Strieling sah, dass er einen Überraschungsschlag geführt hatte. Tillmann stützte sich einen Moment an der Hinterkante des Strieling'schen Schreibtisches ab, als befürchte er eine Schwäche seiner Knie.

»Zum ersten Mal hör' ich das«, sagte er. »Hat er denn einen Treibsatz für Schnellbeförderungen?«

»Korrekte drei Jahre Wartezeit, Herr Tillmann, Mindestwartezeit! Und was dem einen sein Goldhals, ist dem anderen sein Schnabelweiß!«

»Ich verbitte mir diese Anspielungen, Herr Strieling! Und wer – um Gottes Willen – ist Schnabelweiß?«

»Politische Bildung ist offenbar nicht Ihre Stärke«, gab Strieling zurück. Herr Schnabelweiß ist unser Landtagspräsident, schon seit drei Jahren, und Kühlmann hat seine Tochter geheiratet. Sehen Sie jetzt klarer? Warum glauben Sie, dass der Ministerpräsident kürzlich persönlich zur Eröffnung der großen Spätgotik-Ausstellung von Herrn Kühlmann erschienen ist?

Doch nicht, weil er so für die Spätgotik schwärmt. Er wollte halt dem Herrn Schnabelweiß einen Gefallen tun. Wissen Sie, was er zu Herrn Schönmann gesagt hat? Ich gratuliere Ihnen zu diesem hervorragenden Mitarbeiter und dieser überwältigenden Ausstellung! Überwältigend, Herr Tillmann! Wenn das kein Grund ist zur Beförderung!«

Strieling genoss Tillmanns wachsende Zornesröte. Würde er mich endlich sitzen lassen, dachte er, ginge ich schonender mit ihm um.

»Na ja«, sagte Tillmann mit gepresstem Atem, darum haben Kühlmanns Ausstellungen bei Schönmann Priorität. Kein Wunder! Und mein Projekt einer großen Romantik-Ausstellung schlummert bei ihm seit einem Jahr. Alle Termine für absehbare Zeit verplant, die große Ausstellungshalle blockiert! Aber wenn Schnabelweiß den Schnabel reißt …!«

»Na ja«, sagte Strieling, dem sein linker Senkfuß zunehmend Schmerzen bereitete, »dann schicken Sie halt Frau Goldhals in den Kampf.«

»Sie Witzbold!«, zischte Tillmann. »Goldhals gegen Schnabelweiß. Mittelgewicht gegen Schwergewicht. Da brauch' ich gleich gar nicht anzutreten.«

»Nun, Herr Tillmann«, wandte Strieling ein, »haben Sie nicht Ihren Sohn David getauft? Soweit ich die Erzählung Samuels im Kopf habe, hat der Knabe den Philister Goliath umgelegt, obwohl der sechs Ellen hoch war, einen ehernen Helm und einen schuppichten Panzer aus 5.000 Lot Erz trug.«

»Schon«, sagte Tillmann. »Allerdings mit Hinterlist, nicht im offenen Schwerterkampf, zu dem Goliath herausgefordert hatte. Mit einer Steinschleuder aus Davids Hosentasche hatte Goliath nicht gerechnet.«

»Stärke oder Hinterlist, Herr Tillmann, wer siegt hat Recht und wird König! Aber wenn Sie mich fragen«, fuhr Strieling fort und seine Stimme wurde freundlicher, milder, vielleicht, weil er seinen schmerzenden Senkfuß für eine Weile vergessen hatte, »wenn Sie mich fragen, ich würde dem Tagesglanz in den Ausstellungshallen keine Bedeutung beimessen. Machen Sie es wie ich, gehen Sie mehr in die Depots. Sie lernen die Ewigkeit kennen. In der Ewigkeit schießt man nicht mit Steinschleudern. Da lässt man die Goliathe getrost herumtappen.«

Neurotischer Schwätzer, dachte Tillmann, und verabschiedete sich eilends. Blöder Ehrgeizling, dachte Strieling, und setzte sich erleichtert hinter seine Aktenberge.

Auf dem Gang traf Tillmann seinen Schwiegervater. »Tag August«, sagte Klaus Peter nicht gerade jubelnd. »Bist du wieder am Beraten?«

»Das Dümmste was ich habe tun können«, brummte August zurück. »Weißt du, was mir dieser Herr Kühlmann, den ich bisher für ziemlich vernünftig hielt, vorhin gesagt hat, als ich ihm vorhielt, er habe für seine Spätgotik-Ausstellung viel zu viel Geld verbraucht? Ich mache erstklassige Ausstellungen, hat er gesagt. Und Sie sorgen dafür, dass die Kosten gedeckt werden. Dann macht jeder, was er gelernt hat. Ein arroganter Größenwahnsinniger!«

»Ich sag' das ja schon immer!«, rief Klaus Peter Tillmann aus. »Und seelenlos obendrein, wie Elisabeth Luise zu Recht behauptet. Meint, er könne sich alles erlauben, weil er der Schwiegersohn von Herrn Schnabelweiß ist!«

»Wer ist Schnabelweiß?«, wollte August Geldern wissen.

»Das weißt du auch nicht?« Klaus Peter lachte meckernd, was bei ihm selten vorkam. »Niemand kennt Schnabelweiß. Nur der Strieling. Der nennt ihn Landtagspräsident und gibt Kühlmann deshalb neue Möbel. Der Schönmann befördert ihn deshalb zum Hauptkonservator und stellt die Ausstellungshalle voll Spätgotik. Alles wegen Schnabelweiß, den niemand kennt.«

»Nun beruhig' dich und schrei' nicht so laut im Gang«, sagte August Geldern. »Geh'n wir lieber in mein Zimmer und lassen uns von Frau Haberkorn Kaffee kochen.

Ich hab' übrigens auch neue Möbel, aber nicht von Herrn Strieling. Erkennst du den Schreibtisch wieder?« August Geldern zeigte mit weit ausholender Geste voller Besitzerstolz auf ein dunkles Ungetüm aus Mahagoni, das sein kleines Zimmer beherrschte.

Als Klaus Peter nicht gleich reagierte, fuhr er begeistert fort: »Mein Schreibtisch ist das, mein alter Schreibtisch aus der Bank, an dem ich zehn Jahre gearbeitet habe. Und der Besuchertisch mit den kleinen Sesseln stand auch in meinem Dienstzimmer.

Nur die Sitzcouch, die ging nicht, die hätte ich nicht mehr untergebracht in dem kleinen Raum. Ist das nicht herrlich, Klaus Peter? Wieder an meinem alten Schreibtisch, als ob sich nichts verändert hätte! Natürlich wollten sie zuerst nicht, die unteren Chargen in der Bank, die Strielings, es gibt sie ja überall. Aber dann hat sich Goldhals persönlich eingeschaltet. Goldhals persönlich! Und die Sache ist gelaufen!«

Das verdankt er alles mir, der Alte, dachte Klaus Peter Tillmann, während Frau Haberkorn am Mahagoni-Tischchen Kaffee einschenkte. Frau Goldhals meint, sie tue mir einen Gefallen, wenn sie meinen Schwiegervater verwöhnt. Und wer verwöhnt mich? Wer hilft mir gegen Kühlmann und Schnabelweiß? Er schloss einen Moment die Augen und sah Kühlmann vor sich. Hinter ihm stand ein Riese mit goldenem Helm. Er trug das Visier offen. Klaus Peter starrte auf einen grellroten Mund, um den ein dicker weißer Kreis gemalt war. Schnabelweiß, dachte Klaus Peter. Das ist er, Schnabelweiß! Er fand eine Steinschleuder in seiner Tasche, legte den Kieselstein in die Lederlasche und zielte auf das grelle Rot inmitten des weißen Kreises.

Da riss die laute Stimme seines Schwiegervaters die Szene ab. »Die kahlen Wände«, sagte August Geldern. »Alles weiß. Das kann ich auf die Dauer nicht ertragen. Da wirkt der schönste Mahagoni-Schreibtisch nicht. Hast du nichts für mich aus deinem Depot. Was für's Gemüt, damit sich Elisabeth Luise freut, wenn sie mich besucht. Ein Genre-Bild der Münchner Schule zum Beispiel!«

Klaus Peter wollte zunächst heftig werden und an den Ernst seiner Wissenschaft gemahnen. Dann aber fiel ihm etwas ein und er lächelte hintersinnig. »Magst du Enten, August?«, fragte er.

»Meinst du Braten?«, gab August zurück.

»Nein, nicht für den Gaumen, für die Augen. Die Erpel haben bekanntlich ein Federnkleid aus prächtigen Farben. Wenn du an das leuchtende Grün der Köpfe denkst! Immer wieder hat das Maler gelockt. Einen davon nennt man den Enten-Paul. Ein Sammler hat uns zehn seiner Bilder vermacht. Der Kollege vom 20. Jahrhundert wollte sie nicht. Jetzt stehen sie bei mir im Depot. Enten, lauter Enten, genauer gesagt männliche Enten, Erpel, die Weibchen kannst du vergessen, einer prächtiger als der andere.

Alles im Goldrahmen, der zu Mahagoni bestens passt. Da könntest du eines haben, wenn du willst sogar zwei. August wollte. Was blieb ihm anderes übrig, um der Kahlheit zu entfliehen?

Zwei Entengruppen schwammen seitdem durch sein Zimmer. Eine von links nach rechts, die andere von rechts nach links. Die von rechts nach links hatte er im Blick, die andere schwamm hinter ihm. Eigentlich fand er die Vögel, die sich zu bewegen schienen, aber doch immer an der Stelle blieben in ihrem goldenen Rahmen, ganz beruhigend. So ähnlich wird es wohl sein mit dem Leben, dachte er. Man schwimmt und schwimmt und man meint, man hätte gewaltige Strecken hinter sich gebracht, bis man merkt, dass es immer dasselbe Wasser ist, das einen umschließt. Wenn man diesen Gedanken nicht mehr los wird, verliert man langsam die Kraft weiterzustrampeln, und das Wasser zieht einen hinunter. Auch nicht schlimm, dachte Herr Geldern.

Aber seine Frau Elisabeth Luise fand es schlimm, als sie ihn besuchte. Die dunklen Möbel in dem engen Zimmer und die Entenschwärme bedrückten sie. Sie sagte nichts zu ihrem Mann, weil er sich so glücklich gab mit seinem alten Schreibtisch. Aber sie war zum ersten Mal böse auf ihren Schwiegersohn. Soviel sie auch an ihrem Mann zu kritisieren fand, so wollte sie doch, dass man ihn achtete und in Ehren hielt. Mit den Enten, meinte sie, wollte sich Klaus Peter über ihren Mann lustig machen. Und das, da war sie sich sicher, das stand ihm ganz und gar nicht zu.

Bis in den Traum verfolgte sie das Entenkabinett. Ihre Traumfantasie verwandelte das Zimmer in eine riesige Schuhschachtel, die ein Bagger im Griff hielt und langsam zusammendrückte, so dass sich die Wände mehr und mehr dem Schreibtisch ihres Mannes näherten. Da lösten sich die Entenschwärme aus ihrem goldenen Rahmen und flogen in den zusammengekrümmten Raum; von allen Seiten flogen sie auf ihren Mann zu und begruben ihn unter ihren Flügeln.

Sie glaubte, das schreckliche Brausen der Flügel zu hören. Aber als sie daran erwachte, war es nur das Surren einer Schnake, die ihren Kopf hartnäckig umkreiste.

Schlaf, Kindchen, schlaf

Man müsse Klara mal das Kind abnehmen, wenigstens für einen Abend und eine Nacht, sagte Elisabeth Luise zu ihrem Mann. Die jungen Leute hätten überhaupt keine Zeit für ein »entspanntes Miteinander«. Klaus Peter habe sich schon beklagt. Das sei ja kein Eheleben mehr, nur noch ein Kinderleben, habe er gesagt. Da müsse man eben helfen, damit sich die jungen Leute nicht einander entfremden.

Dass sein Schwiegersohn sich beklagt habe, ärgerte August Geldern. Schon die Vorstellung, dieser Kunstpfarrer, wie er ihn zuweilen nannte, pflege intimen Umgang mit seiner Tochter oder mahne dergleichen an, bereitete ihm peinvolles Unbehagen. Er pflegte solche Vorstellungen eilends zu verdrängen, sobald sie auftauchten. Elisabeth Luise verübelte er es, dass sie ihn nun wieder mit einer solchen Vorstellung konfrontiert hatte.

»Du solltest dich nicht um das Intimleben deiner Tochter kümmern«, brummte er seine Frau an. »Kümm're dich lieber um unser eigenes! Vielleicht leidet das auch unter einem Mangel an entspanntem Miteinander!«

Elisabeth Luise fand diesen Anwurf unpassend. »Wir leben ja nicht mehr in den Flitterwochen«, sagte sie. »In unserem Alter hat man andere Sorgen! Wie man mit Anstand und Würde alt wird, zum Beispiel!«

Das mit der Würde machte August wütend.

»Dummes Geschwätz!«, polterte er grob. »Was, zum Teufel, hat das mit Würde zu tun? Ich hab' an unserem Liebesleben noch nie etwas Unwürdiges gefunden und finde das auch heute nicht!«

Der Ausruf »Dummes Geschwätz!« gab Elisabeth Luise den willkommenen Vorwand, die Diskussion abzubrechen und das Zimmer mit verschlossener Miene zu verlassen. Erst beim Abendessen fand sie ihre Beredsamkeit wieder. Allerdings nur, um den Besuch ihres Enkels David als feststehende Tatsache zu verkünden.

Während sie dünne Scheiben eines höhengereiften Emmentalers auf ihr Brot legte, sagte sie wie nebenbei: »Klara wird den David am Samstagnachmittag um drei Uhr bringen und am Sonntag nach dem Mittagessen wieder abholen.«

August fand diese Mitteilung nur einer Silbe wert. »So«, sagte er, nicht mehr.

Am Samstagnachmittag kam Klara mit großem Gepäck. Ein Kinderreisebett, zusammenklappbar, eine Tasche mit Alete-Gläsern, einen Packen Windeln, Marke Pampers, und Reservekleidung für unvorhersehbare Zwischenfälle. Das Bett wurde in Elisabeth Luises Schlafzimmer aufgestellt. August hielt sich abseits. Sollen die Frauen alleine zurechtkommen, dachte er. Es muss ja alles nach ihrer Vorstellung gehen.

Als Klara anschließend erläuterte, wie man mit David umgehen müsse, bestand sie darauf, dass auch ihr Vater zuhörte. Das große Problem, sagte sie, sei der Einschlafritus. Keineswegs dürfe man David in wachem Zustand ins Bett legen, in der Hoffnung, er werde dort einschlafen. Das ende nur in einem heillosen Gebrüll. Es gelte, geduldig abzuwarten, bis sich Zeichen wachsender Müdigkeit zeigten. Das seien häufiges Gähnen, Reiben der Augen, auch Kratzen an Kopfdecke oder Ohr. An eine feste Uhrzeit halte sich David dabei nicht. Es könne gegen acht Uhr sein, manchmal aber auch halb neun oder neun Uhr. Dann sollte man an die Vorbereitungsarbeiten für die Nacht gehen, das Kind frisch wickeln, ihm den Overall für's Bett überziehen. Dies allerdings mache ihn misstrauisch. Die Nähe des Bettes sei daher zu meiden, um nicht vorzeitigen Protest zu provozieren.

David wolle nun getragen werden. Man nehme ihn auf den Arm, lehne ihn gegen die Brust und rede beruhigend auf ihn ein. Dabei empfehle es sich, in leicht schaukelnder Bewegung auf- und abzugehen. Man könne auch leise singen, aber nicht krächzend oder brummend, denn David habe ein empfindliches Gehör. Irgendwann schlafe er auf dem Arm ein. Bevor man den ersten Versuch mache, ihn ins Bett zu legen, solle man noch einige Sicherheitsrunden einlegen. Der erste Versuch gehe leicht schief, da die Schlaftiefe der notwendig mit der Bettlegung verbundenen Erschütterung noch nicht gewachsen sei. Rasch gelte es dann zu reagieren, den Versuch abzubrechen, noch ehe David die Situation erfasst und sich in eine schwer zu steuernde Schreiphase gesteigert habe. Man müsse das Kind wieder aufnehmen und erneuerte Beruhigungsrunden drehen. Der zweite Versuch sei fast immer erfolgreich.

Mit dieser Versicherung verabschiedete sich Klara. Elisabeth Luise trug ihr Grüße an Klaus Peter auf und als August dazu schwieg, rief sie der autowärts Eilenden nach: »Auch von Papa!«

David erwies sich zuerst als pflegeleicht. Er brauchte nur Zerstörungsmaterial. Ein ausgedientes Telefonbuch mit 1200 Seiten beschäftigte ihn fast eine Stunde, bis er schätzungsweise 600 Seiten herausgerissen und zerknittert hatte. Dann wollte er Abwechslung. Und Elisabeth Luise forderte August energisch auf, sich etwas einfallen zu lassen. Aus Klaras Kindheit war noch ein Korb mit roten, blauen und grünen Holzbausteinen da. August baute daraus Türme und David warf sie ein.

Dass er mit seiner kleinen Hand das Werk seines Opas zerstören konnte, steigerte seinen Lebensgenuss. Er juchzte. Ungnädig wurde er nur, wenn August allzu lange brauchte, das Zerstörungsobjekt neu aufzubauen. Dann versuchte er schon in die Aufbauphase umwerfend einzugreifen, was August jedoch ärgerlich abwehrte.

Zerstören, dachte er, das beherrschen die Kleinen von Geburt an. Aufbauen muss man ihnen erst mühsam beibringen. Um sieben Uhr hatte es August satt, die Zerstörungslust seines Enkels zu bedienen.

»Luise«, sagte er energisch, »um sieben Uhr hat Klara in diesem Alter geschlafen und wenn man mit ihrem Sohn kein Theater macht, tut er das auch! Der wird jetzt gewickelt und ins Bett gelegt und damit basta! Du legst ihn, lässt die Türe zum Wohnzimmer offen und ich spiele«, ergänzte er später.

»Wieso spielen?«, fragte Elisabeth Luise erstaunt.

»Weil Musik beruhigt. Das weiß doch jeder!«, gab August unwillig zurück.

»Aber du hast doch seit 20 Jahren keine Taste mehr angerührt, August!«

»Eben, deshalb wird es Zeit!« August verschwieg dabei, dass er seit zwei Wochen aus »Klingendes Kinderland« geübt hatte, sobald Elisabeth Luise zum Einkaufen gegangen war. Zuerst versuchte er es mit »Schlaf, Kindchen, schlaf«, dem Einschlafklassiker.

David blieb zwar nicht liegen, hielt aber den Kopf schief und lauschte im Sitzen. Klavier hatte er noch nie gehört. Seine Eltern besaßen keines. Zwei Strophen, dann ging August zu Brahms über: »Guten Abend, gute Nacht«. Dass er sich ohne Missgriff in Es-Dur bewegte, machte August übermütig. Zur zweiten Strophe sang er, mit kräftiger Bassstimme »Guten Abend, gute Nacht, von Englein bewacht«. Das hätte er nicht tun sollen. Vielleicht fürchtete sich David vor den Tiefen des Basses. Vielleicht auch erinnerte ihn des Basses Gewalt daran, selbst gut bei Stimme zu sein. Jedenfalls begann er zu schreien. August versuchte es noch mit »Weißt du wieviel Sternlein stehen«. Aber David wollte es nicht wissen, sondern brüllte. Sein Kopf war dunkelrot, sein Hals aufgebläht. »Der Mond ist aufgegangen« hatte August noch geübt, mit Rührung übrigens. Es ärgerte ihn, dass David nun nicht mehr gerührt werden wollte.

Elisabeth Luise dagegen litt mit dem Schreier. Längst hatte sie ihn wieder auf den Arm genommen, zeigte ihm Bäume und Vögelchen durchs Fenster, hieß ihn einen Süßen, der ganz, ganz müde sei. David brüllte.

»Lass mich mal!«, sagte August, der das fehlende Mondlied verschmerzt hatte. Er versuchte es mit Backenschnalzen. Den rechten Zeigefinger steckte er hinter die linke Backe, spannte sie kräftig an und ließ sie dann mit lautem Knall zurückschnellen. David erschrak. Er vergaß 20 Sekunden lang zu brüllen. Beim zweiten Knall waren es noch 10 Sekunden, beim dritten brüllte er durch.

»Lass dir etwas Besseres einfallen«, sagte Elisabeth Luise. »Dem armen Bub platzt ja der Kopf.«

»Ich bin der Wau-Wau«, sagte August und ging auf alle Viere. Abwechselnd knurrte und bellte er.

»Streichle den Wau-Wau! Er ist ein ganz, ganz braver Wau-Wau«, sagte Elisabeth Luise und hielt David hinunter zu seinem knurrenden Opa.

David aber war nicht nach streicheln zumute. Er griff in Augusts spärlichen Haarkranz und riss nach Kräften daraus, ohne auch nur eine Sekunde in seinem Gebrüll nachzulassen.

Gerade in diesem Moment läutete das Telefon. August löste sich gewaltsam von seinem Peiniger, der mindestens zehn Haare in der Faust zurückbehielt. Er eilte in den Gang und schloss die Türe hinter sich.

Klara war am Telefon. Sie wollte wissen, ob alles gut gehe mit David.

»Bestens«, sagte August. Der Kleine schlafe schon. Er habe sich problemlos ins Bett bringen lassen.

Sie meine aber, ihn im Hintergrund weinen zu hören, sagte Klara.

»Da täuscht du dich«, erwiderte August. »Das ist das Radio, Mama hört Bayern 4 Klassik!«

Als August wieder zurückgekommen war und seiner erschöpften Frau das Kind abgenommen hatte, merkte er, dass David in seinen Schreikräften nachließ. Er legte Pausen ein um zu gähnen. Auch kratzte er sich am linken Ohr. August setzte sich auf einen Stuhl und legte Davids Kopf an seine Brust. Er bemühte sich, ganz ruhig zu atmen und er meinte, die gleichmäßige Bewegung seiner Brust gehe in das Kind über. David schluchzte nur mehr leise in größeren Abständen und hielt seine Augen geschlossen. August strich ihm über das dünne seidige Haar, so sanft er dies konnte. Er sah auf die glühenden runden Bäckchen, die langsam an Feuer verloren, auf die vollen Lippen, die sich entspannten und öffneten, auf die geschlossenen Lider mit den langen Wimpern, hinter denen die Augen Ruhe fanden. Mit dem Zeigefinger fuhr er ganz leicht über die runde Stirn, die kleine Nase mit der keck aufgebogenen Spitze, den geöffneten Mund. Zum ersten Mal hatte er das Gefühl, dass er seinen Enkel liebte.

Der geschwärzte Mussolini

Generaldirektor Schönmann hatte die Besprechung überraschend einberufen, schon um neun Uhr, was sonst nicht seine Art war. Die Chefsekretärin gab sich geheimnisvoll. Sie wollte den Grund der frühen Zusammenkunft nicht nennen. Strieling und der Leiter des Sicherheitsdienstes, Herr Rohrmoser, wussten ohnehin Bescheid. Hauptkonservator Kühlmann, Chefrestaurator Sauberkraft und August Geldern erfuhren es von Strieling, als sie gemeinsam das Zimmer des Generaldirektors betraten. »Man hat den Mussolini beschmiert!«, flüsterte Strieling. Er hatte Mühe, seine Stimme zu dämpfen, wo er doch seiner Empörung gerne Laut gegeben hätte.

Das Corpus Delicti stand auf Schönmanns weit geschwungenem Schreibtisch. Tiefschwarz glänzte der kahle wuchtige Schädel des Diktators, tiefschwarz, als hätte seine Wiege in Zentralafrika gestanden. Eigentlich konnte man nicht von »beschmieren« reden. Jemand hatte den Kopf sorgfältig schwarz bemalt und die Uniform in der hellen Naturfarbe des Steines belassen. So erinnerte die Büste an den Mohr von Venedig, der Desdemona den Hals zugedreht hatte.

Die Gruppe umstand den geschwärzten Mussolini mit vielfachen Ausrufen des Erstaunens und der Empörung. Schönmann bat schließlich um Ruhe und ließ die Herren rund um seinen Besuchertisch Platz nehmen.

»Meine Herren!«, begann er dann mit ebenso gedämpfter wie bedeutungsschwerer Stimme.

»Zunächst das Wichtigste: Ich bitte um Stillschweigen, absolutes Stillschweigen! Die Sache bleibt unter uns! Kein Wort nach außen! Kein Wort auch zu anderen Kolleginnen und Kollegen. Ich beschwöre Sie: Schweigen Sie wie ein Grab. Die Sache hat politische Dimensionen. Sie kann uns die größten Unannehmlichkeiten bringen. Aber lassen Sie uns systematisch vorgehen. Zuerst die Schadensfeststellung. Ich darf dazu einleitend bemerken: Die Büste wurde nach den von mir eingesehenen Unterlagen

1937 käuflich erworben. Anlass war der Staatsbesuch Mussolinis im nationalsozialistischen Deutschland. Der Künstler ist ein gewisser Hochmeier, im Thieme-Becker nicht zu finden. Die künstlerische Qualität kann wohl als gering bezeichnet werden.

Herr Sauberkraft, darf ich Sie nun bitten, auf Grund eines ersten Augenscheins etwas zum Ausmaß des Schadens zu sagen.«

Sauberkraft näherte sich Mussolini und fuhr vorsichtig mit dem rechten Zeigefinger über dessen schwarz gefärbte Nase. Ein wenig kratzte er dann an der Malschicht auf dem linken, stark geblähten Nasenflügel.

»Ölfarbe!«, sagte er, »zweifellos Ölfarbe, in mehreren Schichten aufgetragen. Die genaue Zusammensetzung ist nur durch chemische Analyse einer Farbprobe zu bestimmen. Ich wage aber schon jetzt die Prognose, dass es uns möglich sein wird, die Farbschichten in sorgfältiger Arbeit abzutragen, ohne den Stein darunter sichtbar zu schädigen. Natürlich nimmt das die Arbeitszeit eines Restaurators für mehrere Tage in Anspruch.«

»Eine sehr wichtige Aussage!«, bemerkte Schönmann. »Ich halte fest: Wir können die Folgen des Anschlags aus eigener Kraft beseitigen.

Nun zur Suche nach dem Täter. Wer kommt in Betracht? Wer kann sich Zugang zum Skulpturendepot verschaffen? Herr Rohrmoser, das ist Ihr Metier.«

Rohrmoser setzte sich noch aufrechter, als es ohnehin seine Art war. Am liebsten sprach er im Stehen, zumindest aber im Hab-Acht-Sitz. Er hatte zwölf Jahre in der Bundeswehr gedient.

»Herr Generaldirektor«, sagte er, so als habe er mit den übrigen Anwesenden nichts zu schaffen. »Der Vorfall wurde mir heute früh um acht Uhr von Herrn Strieling gemeldet. Herr Strieling ist ja oft im Skulpturendepot. Er hat auch einen Schlüssel dazu.« Die letzten beiden Sätze sprach er als Nebenbemerkung im Tonfall leichten Befremdens. Auch warf er dabei einen Blick auf Strieling, der klare Grenzen zog gegenüber unverständlichen Anwandlungen eines Verwaltungsleiters.

»Ich ging sofort an den Tatort«, fuhr Rohrmoser fort. »Türe und Fenster waren ordnungsgemäß verschlossen. Sie zeigten keinerlei Spuren von Gewaltanwendung. Der Täter muss mit dem Schlüssel durch die Türe gekommen sein. Schlüssel haben folgende Personen: Sie, Herr Generaldirektor, Herr Strieling, wie schon gesagt, die zwölf Sammlungsleiter, die acht Restauratoren und ich selbst. Verdachtsmomente, die gegen eine der aufgeführten Personen sprechen, vermag ich nicht festzustellen. Vielleicht könnte die Polizei Spuren finden. Ich empfehle sehr, sie einzuschalten. Als Erster war, ich sagte es schon, Herr Strieling am Tatort. Vielleicht hat er mehr beobachtet. Mir konnte er wenig sagen.«

Diesen Zusatz begleitete Rohrmoser mit einem spöttischen Blick auf Strieling, obwohl das Spöttische sonst nicht in seiner Art lag.

Strieling gab sich gelassen. Fast jeden Morgen zwischen halb acht und acht gehe er ins Skulpturendepot, bevor er sich dem Tagesgeschäft zuwende, sagte er. Das sei wie eine Art Morgenandacht. Der Anblick der vielen leblosen Körper aus Holz und Stein gebe ihm Abstand zum Leben und den Abstand brauche er, um nicht in unnötige Geschäftigkeit zu verfallen.

Heute Morgen sei ihm nichts Besonderes aufgefallen. Die Tür sei ordnungsgemäß verschlossen und alles an seinem Platz gewesen. Auf den Mussolini habe er zunächst gar nicht geachtet. Er stehe ja in einer schlecht beleuchteten Ecke. Am Ende seiner Andacht pflege er jedoch stets an der Stellage mit den Köpfen entlang zu gehen. ›Kopf ab‹ habe die Menschen seit jeher beschäftigt. Sonst hätten sie nicht die Guillotine ertüftelt. Das sei, wie wenn die Seele plötzlich vom Leib fliege.

Nun ja, jedenfalls habe er bei seinem Kopfgang schließlich den Mussolini entdeckt, nicht als Schwarzhemd, sondern als Schwarzkopf, komisch, überaus komisch. Übrigens fast ein Kunstwerk jetzt, in dieser Verfremdung, wenn er sich das Urteil erlauben dürfe. Er würde ihn so stehen lassen, ein negroider Duce! Spuren seien rund um den Schwarzkopf nicht zu entdecken gewesen. Kein zurückgelassener Pinsel, nicht einmal ein Farbspritzer. Saubere, akkurate Arbeit.

Keine Ahnung habe er, wo der Schwarzmaler zu finden sei. Die saubere Arbeit spreche am ehesten für einen Restaurator. Er meine, man solle die Sache auf sich beruhen lassen.

Schönmann hörte dieses Fazit nicht ungern. Dennoch stellte er die ironische Frage: »Sind Sie Buddhist, Herr Strieling?«
Strieling stutzte, gab nur zögernd Antwort. »Ich habe meine eigene Weltanschauung«, sagte er schließlich in gestelzter Würde.
»Ich dachte nur, weil Sie die Untätigkeit so hoch schätzen.« Schönmann lächelte wohl wollend zu dieser Bemerkung, während Rohrmosers meckerndes Gelächter boshafte Abneigung verriet.
»Spaß beiseite«, fuhr Schönmann fort. »Ehe wir unser weiteres Vorgehen festlegen, sollten wir nach dem möglichen Motiv des Täters fragen. Was wollte er mit seiner Schwarzmalerei? Attentate auf Kunstwerke in Museen werden sonst von psychotischen Fanatikern verübt. Täter mit einem Sittlichkeitswahn stört die dargestellte Nacktheit, religiöse Fanatiker finden einen Christus mit Gasmaske blasphemisch, Größenwahnsinnige wollen durch die Zerstörung eines berühmten Bildes so berühmt werden wie dessen Maler. Das alles trifft hier nicht den Fall. Warum gerade diese unbedeutende, im Dunkeln stehende Büste Mussolinis? Da können doch nur politische Motive dahinter stecken. Und zwar von Links, nur von Links! Ein Rechter würde Mussolini nicht anschwärzen. Nein, da will uns ein Linker in die faschistische Ecke stellen. Die haben da noch einen Mussolini im Keller, heimliche Faschisten-Verehrer sind das!
So sollen wir angeklagt werden. Natürlich rechnet der Täter damit, dass wir Anzeige erstatten, dass die Sache in die Öffentlichkeit kommt, dass sich die hechelnde Pressemeute auf uns stürzt. Ein geschwärzter Mussolini in Farbe auf der Titelseite der ABENDPOST! Eingeschwärzt, damit wird natürlich der faschistische Rassenwahn angeklagt! Nein, den Gefallen tun wir dem Täter nicht. Wir lassen ihn, so schlage ich vor, einfach ins Leere laufen.
Wir bewahren Stillschweigen! Sie, Herr Sauberkraft, nehmen den geschwärzten Mussolini in Verwahrung, sperren ihn in den Stahlschrank in Ihrem Cheflabor. Und wenn Sie ganz sicher allein sind, können Sie ja ein wenig an dem Schwarzkopf arbeiten, Farbschicht um Farbschicht abtragen. Sie dürfen sich damit Zeit lassen, so lange Sie wollen. Niemand wird Mussolini vermissen. Und wenn er wieder weiß ist, stellen wir ihn an die alte Stelle im Skulpturen-Depot.

Meine Herren, was sagen Sie zu diesem Vorschlag?«
Alle nickten. August Geldern fühlte sich als Berater aufgerufen, seine Meinung auch verbal zu artikulieren. »Was immer die Motive des Täters sein mögen«, sagte er, »auf jeden Fall wollte er Aufsehen erregen mit seiner Schwarzmalerei. Durch unser Schweigen hungern wir ihn aus. Ich unterstütze Ihre Meinung voll und ganz, Herr Schönmann.«
Wieder nickten die Übrigen. Herr Kühlmann bemerkte noch, falls ihn jemand habe ärgern wollen mit diesem Anschlag auf sein Depot, müsse er ihn enttäuschen. Ein geschwärzter Mussolini lasse ihn kalt.
Generaldirektor Schönmann schloss daraufhin die Sitzung, wobei er nochmals auf die Schweigepflicht hinwies.
Sie gelte auch gegenüber Familienangehörigen, fügte er hinzu und warf einen bedeutungsschweren Blick auf Herrn Kühlmann, was diesen an seinen Schwiegervater Schnabelweiß denken ließ.

Beim Hinausgehen baten sowohl Herr Sauberkraft als Herr Rohrmoser um eine kurze Unterredung unter vier Augen.
Der Rangordnung entsprechend gewährte sie Herr Schönmann zuerst dem Chefrestaurator Sauberkraft.
»Weil Sie den Verdacht äußerten, Herr Generaldirektor, der Anschlag komme von Links«, sagte er, »möchte ich, natürlich ohne ihn zu verdächtigen, auf den Metallrestaurator Feigenblatt hinweisen. Wie ich aus sicherer Quelle weiß, gehört er zum linken Flügel der Grünen, ein Fundi sozusagen. Er ist auch bekannt dafür, dass er allenthalben ein Wiederaufleben des Faschismus wittert.«
»Behalten Sie Herrn Feigenblatt im Auge«, meinte Schönmann. »Mehr können wir im Augenblick nicht tun.«
Herr Rohrmoser erlaubte sich den Hinweis, dass er als Leiter des Sicherheitsdienstes das Verhalten des Verwaltungsleiters Strieling äußerst merkwürdig finde. Morgenandachten im Skulpturendepot, da denke ein normaler Mensch an Wahnvorstellungen. Und wer darunter leide, könne auch auf die Idee kommen, den Mussolini einzuschwärzen, einfach so, als fixe Idee. Jedenfalls, meine er, solle man dem Strieling den Depotschlüssel wegneh-

men. Als Verwaltungsleiter brauche er ihn nicht und andächtig könne er auch in seinem Büro sein, vor den Aktenbergen.

Schönmann aber erwiderte, er halte Strieling für harmlos schrullig. Wer andächtig sei, werde die Objekte seiner Andacht nicht anschwärzen.

So verließ der Leiter des Sicherheitsdienstes das Chefbüro unverrichteter Dinge.

Sonntagsspaziergang

Klaus Peter Tillmann ging nicht gerne in das Haus seiner Schwiegereltern, wenn er sicher war, August Geldern dort anzutreffen. Hatte man ihn aber mit Frau und Kind zum sonntäglichen Mittagessen eingeladen, ließ sich ein mehrstündiges Zusammentreffen nicht vermeiden.

An der Tafel bot Elisabeth Luise einen gewissen Schutz. Sie saß immer rechts von ihm und wenn sie Zeit für ihn hatte, bewunderte sie alles, was er sagte. Die meiste Zeit allerdings musste sie sich ihrem Enkel David zuwenden. Er thronte in einem Kinderstühlchen zwischen Oma und Opa. Elisabeth Luise bestand darauf. Zum einen liebte sie Davids Nähe. Zum andern wollte sie ihre Tochter entlasten, die in sicherem Abstand zwischen ihrem Mann und ihrem Vater sitzen durfte, und nur hin und wieder einen sorgenvollen Blick über den runden Tisch auf das Kinderstühlchen warf, ob nicht Unheil drohte. Sie hatte David vorher mit dickem Brei gesättigt, so dass er wenig Angriffslust zeigte und die Suppe löffelnden Vorfahren eher träge von seinem Hochsitz beobachtete.

Elisabeth Luise allerdings konnte nicht genießen, ohne ihren Enkel teilhaben zu lassen. Es gab Tomatensuppe mit Sahnehäubchen. Sie meinte, ein Löffelchen davon könne auch David gut tun, füllte ihren Dessertlöffel mit dem sämigen Rot, blies ein wenig kühlend darüber und hielt ihn David vor den Mund. Der war noch immer randvoll mit Brei gefüllt und zeigte keine Neigung, sich das dampfende Rot einzuverleiben, obwohl ihm Elisabeth Luise in einem zeremoniellen Singsang versicherte, es handle sich um ein ganz, ganz feines Namnam. Nur die kühlende Blaserei erschien ihm interessant. So pustete er heftig in das rote Nass, das sich als lustige Farbtupfer über sein hellbeiges T-Shirt und die weiße Tischdecke verteilte.

August Geldern mochte keine Unruhe während der Mahlzeit. So knurrte er in die geschäftigen Reinigungsversuche seiner Frau: »Kannst du den David nicht wenigstens während der Mahlzeit in Ruhe lassen? Dann passiert gar nichts!«

Klaus Peter verspürte Ritterpflichten gegenüber seiner Schwiegermutter. »So ein paar Suppenspritzer sind doch kein Unglück«, wagte er einzuwenden.

»Habe ich etwas von Unglück gesagt?«, gab August drohend zurück. Dann schwiegen alle und man eröffnete den zweiten Gang: Kalbsgulasch mit Spätzle.

David war jetzt in der Verdauungsarbeit so weit fortgeschritten, dass er Kräfte für Außenaktivitäten freisetzen konnte. Er bearbeitete seinen Hochsitz mit Händen und Füßen und krähte ungehalten dazu. Um ihn abzulenken, gab Elisabeth Luise ihm ihren silbernen Serviettenring. David erkundete ihn mit dem Mund. Dann warf er ihn auf den Parkettboden, wo er ein Stück weit davonrollte. Elisabeth Luise bückte sich und gab den Ring zurück.

David gefiel das Spiel. Er warf den Ring erneut. Als Elisabeth Luise ihn aufhob, fragte ihr Mann ungehalten, wie lange sie diesen Unfug noch fortsetzen wolle. Wieder bemühte sich Klaus Peter ritterlich. »Ich hole den Fips für David«, sagte er. Fips war ein kleiner Plüschaffe. David nahm sein rechtes Ohr in den Mund und lutschte daran. Dann warf er ihn zu Boden und jammerte lauthals über den Verlust. Dieses Mal bückte sich Klaus Peter. August sagte, dass er den Nachtisch, Vanilleeis mit Himbeeren in seinem Arbeitszimmer essen werde. Dort sei Ruhe.

Nach dem Essen mahnte August zum Spaziergang. Klaus Peter hasste diese Gepflogenheit. Aber er wusste, kein Sonntagsessen endete ohne Spaziergang und er fügte sich, seiner Frau und des Familienfriedens zuliebe.

Es war immer derselbe Weg. Er stieg vom Haus der Familie Geldern ein Stück bergan, umrundete dann auf halber Höhe einen stattlichen Hügel, den man Kogel nannte, teils durch Tannenwald, teils über Wiesen führend, und kehrte in sanftem Fall wieder zum Haus zurück. Ging man einigermaßen zügig, schaffte man die Runde in 50 Minuten. Der Weg war zu schmal, um vier Personen nebeneinander aufzunehmen. So stellte sich die Frage, wer sich zu wem gesellte und welcher Gruppe der Kinderwagen mit David gehörte. Klaus Peter wäre am liebsten mit seiner Schwiegermutter gegangen. Die schätzte und verehrte ihn zwar, ihren Enkel aber liebte sie. Also bemächtigte sie sich zunächst des Kinderwagens. Klara räumte ihrer Mutter gerne eine großzügige Mitsorge um David ein, keineswegs aber die Alleinherrschaft. Als Symbol ihrer Teilhabe legte sie eine Hand auf den Lenker des Kindergefährts und beanspruchte damit den Platz an Elisabeth Luises Seite.

Klaus Peter blieb nur die Möglichkeit, seinem Schwiegervater nachzueilen, der sich – rüstig ausschreitend – an die Spitze gesetzt hatte, ohne sich mit dem Problem aufzuhalten, wer ihn begleiten würde.

Er kümmerte sich auch nicht sonderlich um seine Begleitung, als Klaus Peter ihn – heftig atmend – eingeholt hatte, überließ es diesem vielmehr, den Gesprächsstoff zu suchen.

Klaus Peter sah in der Zweisamkeit eine Chance, seinen Schwiegervater ein wenig über Dienstliches auszuhorchen. Man höre Gerüchte im Haus, fing er an, über einen Einbruch im Skulpturen-Depot. Der Mussolini sei seither verschwunden. »Weißt du Näheres? In der Direktion wurde doch sicher darüber gesprochen.«

»Schönmann will nicht, dass die Sache weitergetragen wird«, brummte August Geldern. »Er hat uns Schweigen auferlegt, selbst gegenüber Angehörigen. Kühlmann darf nicht einmal seinem Schwiegervater Schnabelweiß etwas sagen.«

»Daran hältst dich offenbar nur du«, gab Klaus Peter zurück. »Das ganze Museum ist voll von Gerüchten. Der Einbrecher soll den Mussolini eingeschwärzt haben, heißt es. Sauberkraft verwahre ihn jetzt, um ihn zu säubern.«

»Wenn du schon alles weißt, warum fragst du mich dann?« August Geldern reagierte immer noch gereizt. »Von einem Einbrecher kann allerdings keine Rede sein. Der Schwarzmaler kam aus dem Haus mit einem regulären Schlüssel.« August sah seinen Schwiegersohn prüfend an.

Der schien diese Berichtigung eher erheiternd zu finden.

»Na ja,« sagte er mit süffisantem Lächeln. »Der Kühlmann hat eben nicht nur Bewunderinnen und Bewunderer im Hause. Wenn einer alles besser weiß und aufwärts strebt durch Protektion von Schnabelweiß …«

»Du meinst, die Aktion richtet sich gegen Kühlmann?« Augusts Frage klang erstaunt.

»Gegen wen denn sonst?« Klaus Peter lachte kurz und verkrampft.

»Aber was kann der denn dafür, dass der alte Mussolini in seinem Depot steht, und noch dazu ganz hinten im dunklen Eck. Er hat ihn doch nicht gekauft. Was hätte er mit ihm anfangen sollen? Ihn zertrümmern und entsorgen? Da hätt' er sich strafbar gemacht. Der Kühlmann ist doch bestimmt kein Mussolini-Verehrer, kein verkappter Faschist.« August ereiferte sich ein wenig und Klaus Peter amüsierte sich darüber.

»Das kommt auf die Betrachtungsweise an«, sagte er schmunzelnd. »Für gewisse Leute in der linken Ecke ist jeder ein Faschist, der ihre Überzeugungen nicht teilt, auch jeder, der ihrer Kunstüberzeugung entgegensteht. Der Kühlmann äußert ja oft sehr eigenartige Meinungen über moderne Kunst. Den Beuys mag er zum Beispiel überhaupt nicht. Da werden Aussprüche kolportiert wie ›typisch deutscher Gesamtheitsschwärmer‹ oder ›mystizistischer Kunstguru‹ oder ›Honig pumpender Stadtverwalter‹ oder ›ökologischer Schmalspurphilosoph‹. Das kann einen gewissen Fundi ganz schön aufregen. Das ist Guru-Lästerung. Da hört der Spaß auf und fängt der Faschismusverdacht an.«

August Geldern war nicht so recht überzeugt. »Ich verstehe ja nichts von Beuys, ganz und gar nichts«, sagte er. »Aber wenn ich die kolportierten Anwürfe von Kühlmann prüfe wie ›typisch deutsch, mystizistisch, Gesamtheitsschwärmer!‹ dann klingen sie gewiss nicht rechtsradikal, eher verdächtigt da – umgekehrt – ein rationalistischer Aufklärer Beuys reaktionärer Tendenzen. Warum will man ihn dann mit Mussolini identifizieren?«

»Dass du mit der Logik kommst, lieber August, ehrt dich und deine Wissenschaft. Hier geht es um Politik und Kunst und mit der Logik kommt man da nicht weit. Es gibt eben Menschen, für die ist ein Faschist, wer nicht für Beuys empfänglich ist.«

»Nun gut«, lenkte August ein, »für dich ist der Täter grün und da gibt es, ich hab' es gehört, den Metallrestaurator Feigenblatt. Du lenkst also den Verdacht auf Herrn Feigenblatt.«

»Um Gottes Willen!« Klaus Peter zeigte Empörung. »Ich verdächtige niemand, absolut niemand. Da hättest du mich gründlich missverstanden. Ich suche nach möglichen Erklärungen und spiele sie durch, rein gedanklich, wertfrei, virtuell sozusagen. Das ist alles.«

August sah hinüber zu seinem Schwiegersohn und es war eine gewisse Geringschätzung in seiner Stimme, als er wiederholte: »Das ist alles.«

Dann gingen sie eine Weile schweigend nebeneinander her.

An der Kehre, die bergab zum Haus führte, hielten sie an und warteten auf die Frauen mit dem Kinderwagen. David hatte gerade seinen Mittagsschlaf beendet. Mit blank geputzten Augen und roten Backen sah er fröhlich in die Welt, erschrak auch nicht, als sein Opa sich über ihn beugte mit dem Ausruf: »Na David, dir hat die frische Luft aber gut getan«, lächelte ihm vielmehr gutmütig ins Gesicht, als sei er geneigt, auch Schlimmeres ohne Widerspruch über sich ergehen zu lassen. Da packte August ein Anfall von Lebenslust. Jäh ergriff er den Lenker des Kinderwagens, schob die erschrockenen Frauen zur Seite und rannte prustend den Berg hinunter. David gefiel die rasche Fahrt. Er juchzte, sooft sein Gefährt über einen Stein oder durch ein Schlagloch holperte. »Hopp, hopp, hopp! Pferdchen lauf Galopp«, krähte August, so gut es sein kurzer Atem zuließ.

Als er die Gartentür seines Hauses erreicht hatte, hörte er sein Herz rumpeln, als müsse er immer noch über Stock und Stein. Er behauptete vor sich, dass ihn das nicht ängstige. David nahm er aus dem Wagen, hielt ihn mit gestreckten Armen hoch und lobte sich selbst.

»Gell David, da staunst du, wie dein Opa noch springen kann!« David lachte, wohl, weil er so hoch in der Luft schweben durfte.

Elisabeth Luise kam langsam nach und schalt ihn einen leichtsinnigen Kindskopf. Der Wagen hätte kippen können auf der schlechten Straße, meinte sie. Sie hätte sich auch um mein Herz sorgen können, dachte August. Aber er sagte nichts.

Die Wurzeln

Wenn August Geldern nicht ins Museum ging, saß er zuweilen nachmittags auf der Terrasse in der Frühlingssonne und las. Ganz wohl fühlte er sich nicht dabei. Bisher hatte er zu seinem eigenen Vergnügen nur abends gelesen. Der Tag gehörte der Arbeit. Er konnte diese Regel nicht so ohne weiteres ablegen. Zumindest Romane schob er noch immer auf den Abend. Politik, Geschichte, Philosophisches, das konnte er vor dem Tag rechtfertigen. Geschichte interessierte ihn zunehmend, während es ihm früher gleichgültig gewesen war, was die alten Römer getrieben hatten. Für diese Gleichgültigkeit hatte er stets eine Rechtfertigung parat gehabt. »Lebendig ist nur der gelebte Augenblick«, war einer dieser Sätze. Oder: »Nichts wiederholt sich, also lernt man aus der Geschichte nur das Falsche!« Oder: »Geschichtswissenschaft ist die Beschäftigung von Toten mit Toten.«

Jetzt schien ihm ein solcher Lebendigkeitskult unangemessen. Er fand es behaglich, Menschen durch das Fernrohr weitab im Mittelalter agieren zu sehen. Die Beständigkeit der menschlichen Natur, ihre Unverbesserlichkeit, die er dabei beobachtete, regte ihn nicht mehr auf. Im Gegenteil, es beruhigte ihn, dass Verlass war auf die menschlichen Gene, im Guten wie im Bösen. Noch mehr Gefallen fand er am Studium der Mythologien verschiedener Zeiten, Völker und Kulturen. Wie da unter immer neuen Namen, Masken und Bildern Unveränderliches zu entdecken war, reizte ihn als geistiges Abenteuer, gab ihm aber vor allem das ersehnte Gefühl tieferer Verankerung.

Wenn er dann das Buch weglegte und seine Gedanken frei schweifen ließ, kehrten Bilder aus seiner Jugendzeit zurück, in der Tagträume noch nicht von Arbeitsdisziplin verdrängt waren.

Aus früher Kindheit dämmerte das Bild eines Gottes, der tief im Inneren der Erdkugel, ja, genau in deren Zentrum saß. August Geldern grübelte vergeblich darüber nach, wie er zu diesem Bild gekommen war, kehrte es doch die christliche Vorstellungswelt vollständig um, die Gott im Himmel und in der Tiefe den

Teufel angesiedelt hatte. Vielleicht besaß schon der kleine August zu viel an nüchternem Realitätssinn, um sich ein Wesen – und sei es der Allmächtige – frei schwebend im Weltall vorstellen zu können. Da er von einem Eisen-Nickel-Kern der Erde noch nichts wusste, schien ihm tief unten ein durchaus fester Platz für den lieben Gott zu sein. Die Vorstellung beschäftigte ihn so stark, dass er im Alter von vier Jahren zur Schaufel griff und im Garten seiner Eltern ein Loch grub. Auf die Frage seines Vaters, was er denn da treibe, gab er zur Antwort, er wolle den lieben Gott suchen.

Den Vater befremdete dieser Ausspruch. Er dachte mit Schaudern an kindliche Todessehnsucht und beobachtete seinen August längere Zeit sorgfältig, ob sich nicht weitere psychische Auffälligkeiten zeigten. Aber er entdeckte nur nüchtern-praktischen Sinn. In seinen Tagträumen spann August weiter an seinem Gottesbild im Zentrum der Erde. Bei seiner Grabung war er auf Baumwurzeln gestoßen. Von ihnen stellte er sich nun vor, dass sie die Verbindungsstränge seien zum göttlichen Zentrum. Gott ernähre über solche Kanäle all die vielen Pflanzen und bilde sie nach seinem Willen. Tiere und Menschen, dachte der kleine August, waren wohl nicht auf diese Weise an Gott angewachsen. Aber da sie sich von Pflanzen ernährten, nahmen sie auch Teil am göttlichen Kreislauf.

In der Pubertät, erinnerte sich August, war dieses Bild abstrakter geworden. Was blieb, war die Vorstellung von einem göttlichen Kern, aus dem sich alles Leben entfaltete, auch die tote Materie, gewiss, als Krönung aber das Lebendige. Nicht in einem einmaligen Schöpfungsakt vor Millionen von Jahren, nein, aus dem Kern trieb es unentwegt und was verblüht war, sank in ihn zurück.

Solche Bilder waren von Augusts Bankgeschäften weitgehend verdrängt worden. Aber jetzt, wo er dem Herrgott den Tag wegstehlen konnte, wie die Schwaben sagen, jetzt kehrten sie wieder. Lebhafter sogar als damals. Und August fühlte sich sehr wohl, ja ‚heimatlich aufgehoben in der Vorstellung, etwas Allmächtiges, in dem alle Möglichkeiten dieser Welt angelegt sind, habe ihn ausgetrieben und nehme sein Leben auch wieder in sich zurück.

Zu seiner Frau sprach er nie von diesen Bildern. Allenfalls sah sie ihn manchmal, das Buch auf dem Schoß, vor sich hin träumen, worauf sie respektlos bemerkte, er solle nicht am helllichten Tag einschlafen.

Eines Nachmittags kam Elisabeth Luise vom Urnenbegräbnis einer Nachbarin zurück und es beschäftigte sie der Gedanke an das eigene Grab.

»August«, sagte sie zu ihrem Mann, der gerade wieder auf der Terrasse träumte, »wir sind in dem Alter, in dem man Vorsorge treffen sollte für das eigene Ende. Dazu gehört auch die Entscheidung, ob wir uns verbrennen lassen oder nicht.«

Da wunderte sie sich über Augusts entschiedene Reaktion. Nein, sagte er, dass er sich in Rauch auflöse, der in den Himmel steige, das könne er sich nicht vorstellen. Da oben habe er nichts zu suchen. Nach unten sinken, wieder zu Erde werden, das sei ihm ein sympathischer Gedanke.

Elisabeth Luise konnte das nicht als rational nachvollziehbare Begründung akzeptieren. Sie gab den Platzmangel auf städtischen Friedhöfen zu bedenken. Auch fand sie es appetitlicher, in Rauch aufzugehen als zu verwesen. Aber was vermögen Argumente gegen Tagträume! August zog es nach unten. Im Tod, meinte er ungerührt, müssten sie ja nicht unbedingt im Gleichschritt marschieren, jedenfalls was die sterblichen Überreste anlangt. Ein Sarg und eine Urne, das wäre ein tragbarer Kompromiss. Da könne niemand von Platzverschwendung reden. Jeder habe das Recht auf seine eigenen Gefühle und seine gehörten nun einmal von Kind an der Erde und nicht der Luft.

»Sieh mal an«, sagte Elisabeth Luise triumphierend. »Da hast du mir immer einzureden versucht, dass die Frau stärker von Gefühlen geleitet werde als der Mann. Aber wenn es um die letzten Dinge geht, bist du es, der sich auf ein merkwürdiges Erdgefühl beruft.«

»Und«, brummte August, »findest du das so verachtenswert?«

Elisabeth Luise spürte, dass es falsch gewesen wäre, jetzt weiter zu streiten. August hatte für einen Moment die vielen Panzer geöffnet, die er sich gegen die Risiken des Lebens zugelegt hatte. Es galt, den Zugang für ihre Beziehung zu nutzen. Der Streit um den Totenkult konnte warten.

Sie strich ihm über die wenigen grauen Haare, die ihm in der Mitte des Kopfes geblieben waren.

»Was sollte ich deine Gefühle verachten!«, sagte sie. »Im Gegenteil, ich freue mich, wenn du den Mut hast, sie zu zeigen.«

Meist küssten sie sich in letzter Zeit zu feststehenden Anlässen, etwa wenn sie »Gute Nacht« sagten. Jetzt taten sie es ohne Anlass, weil sie die Sehnsucht hatten, sich nahe zu sein.

»So auf der Terrasse«, sagte sie lächelnd, nachdem sie wieder zu Atem gekommen war. »Wo uns doch die Nachbarn sehen können.«

»Dann eben im Haus«, kam er ihr entgegen. Sie gingen eng umschlungen hinein. Als sie merkte, dass er sie die Treppe hinaufführte zu ihrem Schlafzimmer, kokettierte sie wieder ein wenig.

»So im harten Licht des Nachmittags?«, fragte sie. »Sollten wir nicht die Nachsicht des Abends abwarten?«

»Der Nachmittag hat viele Vorteile«, gab er lachend zurück. »Zum einen schnarche ich um diese Tageszeit nicht, zum andern zieht keine Lampe die Schnaken ins Zimmer.«

Noch immer redete er viel, während ihre Körper sich suchten. Sie schwieg. Vielleicht meinte er, sie zu etwas überreden zu müssen, obwohl sie ihm doch so oft gezeigt hatte, dass sie ihn wollte.

Als sie erschöpft nebeneinander lagen und die große Ruhe der Wunschlosigkeit einkehrte, sagte er, dass er es schöner finde als früher, noch schöner. Sie hätten nicht mehr die Hast der Getriebenen. Es seien mehr sie selbst, die sich einander schenkten.

Sie sagte auch dazu nichts. Aber sie küsste ihn so, dass er wusste, sie war mit ihm im Einklang.

Gegenwelt

August Geldern plauderte gerne mit Strieling. Die anderen im Museum waren geschäftig. Strieling hatte Zeit. Auch kochte er seinen Kaffee eigenhändig, auf eine altmodische Art, indem er heißes Wasser gemächlich portionsweise in den Filter goss, den er auf seine Kaffeekanne gesetzt hatte. Kaffeemaschinen bezeichnete er als Aromatöter.

Die erste Kaffeezeremonie begann er um zehn Uhr, die zweite um halb drei. Geldern schaute meistens um zehn Uhr herein.

Strieling kam dann hinter seinen Aktentürmen hervor, stellte zwei Kaffeetassen auf den kleinen Besuchertisch, steckte den elektrischen Wassererhitzer ein und bereitete den Filter vor. Geldern widmete er zunächst nur eine Handbewegung, die ihn aufforderte, an dem Tischchen Platz zu nehmen. Dann begann er vor sich hinzureden, als führe er Selbstgespräche.

»Der Schönmann«, sagte er: »Heut' hört man ihn wieder bis zu mir herüber. Er hat seinen trockenen Husten. Ganz schlimm, im Moment! Alle fünf Minuten ein Anfall. Etwas sitzt ihm auf der Brust!«

Strieling kicherte und goss die erste Portion Wasser in den Filter.

»Der Stein auf der Brust heißt Seidelbast, schätz ich, Redakteur Seidelbast! Haben Sie die ABENDPOST heute schon gelesen?«

Geldern verneinte.

»Dann sollten Sie den Genuss bald nachholen! Bericht über die gestrige Ausstellungseröffnung im Kulturteil auf Seite fünf. Ich kann die Sottise auswendig.« Strieling zitierte mit gestelzter Stimme: »Einleitende Worte sprach Generaldirektor Schönmann. Er turnte von Gemeinplatz zu Gemeinplatz! Rufen Sie Schönmann vor Ihr geistiges Auge, Herr Geldern! Dann sehen Sie seinen Oberkörper kreisen hinter dem Rednerpult. Seniorengymnastik! Und so turnt er von Gemeinplatz zu Gemeinplatz! Hinterhältig, aber treffsicher beobachtet. Und unter dem Bericht steht *sei*, also Seidelbast. Und wem verdankt Seidelbast seinen Redaktionsposten? Dreimal dürfen Sie raten. Nein, Sie raten es nicht.

Niemand weiß, die Drähte, die zieht Schnabelweiß! Also schreibt Seidelbast über den nachfolgenden Fachvortrag des Hauptkonservators Kühlmann Lobeshymnen. Er trieft nur so vor Schmeicheleien. Stupende Fachkompetenz, gepaart mit brillanter Rhetorik. Höher geht's nicht. Da kann der geneigte Leser nur den Schluss ziehen: Schönmann müsste vom Sessel und Kühlmann, der müsste rauf!«

»Na ja«, bemerkte Geldern, der erstmals zu Wort kam, während Strieling ihm den Kaffee eingoss, »das entscheidet ja nun nicht die ABENDPOST!«

»Sie bereitet den Boden, Herr Geldern, auf dem Entscheidungen gedeihen. Es würde mich nicht wundern, wenn Seidelbast auch den geschwärzten Mussolini für die ABENDPOST entdeckte.«

»Jetzt schlägt Ihre Logik Kapriolen«, hakte Geldern ein. »Seidelbast unterstützt Kühlmann auf Geheiß von Schnabelweiß. So hab' ich doch eben von Ihnen gelernt. Und nun soll er plötzlich den Mussolini in Kühlmanns Depot an die Öffentlichkeit zerren? Damit könnte er Kühlmann allenfalls schaden!«

»Es sei denn«, gab Strieling zurück, »er schildert die Aktion als ein Komplott von Kühlmanns Gegnern.«

»Absurde Idee!«, bemerkte Geldern. Aber er dachte an seinen Schwiegersohn und dessen Abneigung gegen Kühlmann, und der Gedanke machte ihn nervös. Er suchte nach einem anderen Thema. Noch ehe er es gefunden hatte, zog Strieling ein zusammengelegtes Papier aus der Jackentasche, faltete es auf und zeigte es Geldern.

»Das fand ich heute früh«, sagte er, »an dem Platz, an dem Mussolinis Büste gestanden hatte.«

Geldern las: »Warum versteckt man Mussolini? Soll er weißgewaschen werden?« Die Sätze waren in großen Buchstaben auf einem PC geschrieben und mit dem Laserdrucker ausgedruckt.

»Damit könnte die Polizei doch etwas anfangen!«, bemerkte Geldern spontan.

»Vielleicht sind Fingerabdrücke auf dem Papier. Vielleicht ist auf der Festplatte eines PCs etwas zu finden.«

Strieling lehnte sich bedächtig auf seinem Stuhl zurück und schüttelte den Kopf. »Sie sind im Ruhestand, Herr Geldern, und noch immer können Sie nicht Ruhe geben! Das Papier verschwindet in meinem Schreibtisch und außer Ihnen erfährt niemand davon. Glauben Sie mir, Herr Geldern, durch Aktivität entsteht viel mehr Unglück in der Welt als durch Nichtstun. Dieser Mussolinischwärzer ist doch harmlos. Er hat sich eine wertlose Skulptur ausgesucht, mit Bedacht, denke ich, schließlich handelt es sich um einen Fachmann, und seine witzige Bemerkung über das Weißwaschen finde ich rührend.

Ich hab' so meine Vermutungen, Herr Geldern. Und wenn ich mir sicherer bin, vielleicht können Sie mir dann helfen, den verirrten Schwarzmaler wieder zur Vernunft zu bringen. Bis dahin sollten wir beide Ruhe bewahren!«

August Geldern wurde ärgerlich. Strielings Stillhalteappelle machten ihn kribblig. Obwohl ihm Strieling eben zum zweiten Mal Kaffee nachgeschenkt hatte, sprang er auf und ging in dem engen Raum hin und her.

»Ruhe, immer wieder Ruhe!«, rief er aus, »Etwas anderes fällt Ihnen nicht ein, Herr Strieling! Zu was wird der Mensch geboren? Um sich auf die Grabesruhe vorzubereiten? Dazu hätte man ihm das Leben nicht einhauchen müssen. Aber bei Ihnen hat das der liebe Gott ohnehin vergessen. Und was dem lieben Gott nicht gelungen ist, das gelingt mir schon gleich nicht.

Nun predige ich Ihnen seit Wochen, wie Sie Kosten in Beziehung setzen sollen zur Leistung und wie dieses Verhältnis zu verbessern ist, auch zeige ich Ihnen Möglichkeiten auf, Einnahmen zu steigern und Ausgaben zu mindern. Sie sagen zu allem Ja und Amen, aber Sie tun nichts, gar nichts! Mir scheint, Sie wollen mich als Berater aussitzen. Berater kommen, Berater gehen, Strieling und das Museum aber bleiben bestehen!«

Auch Strieling war inzwischen aufgestanden, nicht weil ihn Geldern beunruhigt hätte, einfach aus Höflichkeit gegenüber dem Älteren. Er bewegte sich nicht, sondern lehnte am Büchergestell, in dem die Gesetzbücher standen, jahrgangsweise in dicken Bänden.

Als Geldern sein rasches Gehen und die Empörung atemlos gemacht hatten, konnte Strieling wieder das Wort nehmen. »Ein Museum«, sagte er gemächlich, als wolle er seine Gelassenheit demonstrieren, »ein Museum kann dem Zeitgeist in verschiedener Weise begegnen. Entweder es passt sich an, heult also mit den Wölfen, oder es hält dagegen. Ich bin für Letzteres. Anpassen, das hieße das Tempo wechseln, mehr Drive, Leichtigkeit statt Tiefgang, große Töne statt Stille. Weniger Wissenschaft, mehr Management, das spart Personal. Elektronischer Alarm, sobald Sie die Nase vorstrecken, das spart Aufsicht. Und Einnahmen, Einnahmen sind eine Frage der Fantasie. T-Shirts mit Mona Lisa, Baseball-Kappen mit Warhol, Motorrad-Premiere von BMW in der Eingangshalle, Modenschau für Damenunterwäsche in der Textilsammlung, Ritterspiele in der Mittelalterhalle und Ostereier unter Dürers Hase für die Kinder. Jedenfalls Action und die Kasse klingelt. Angemessenes Kosten-Leistungsverhältnis! Fragt sich nur, was Sie unter Leistung verstehen.

Dagegen propagiere ich das Museum als Gegenwelt! Da bleibt es ein Ort der Stille, der Sammlung, der Langsamkeit, der Qualität, unrentabel wie die Kirche ohne Ablasshandel. Totes Kapital in Tausenden von Kunstobjekten, das keine Zinsen trägt, keine Arbeitsplätze schafft und Hightech nicht higher macht.

Man braucht ihn nicht, diesen Ort der Sammlung? Die Jugend hat keinen Bock darauf? Sagen Sie das nicht.

Die rennen zu ihren Gurus, weil sie ihnen Meditation anbieten, Gegenwelt, und dafür zahlen sie stattliche Preise von ihrem sauer verdienten Nettoeinkommen ohne Lohnsteuerjahresausgleich, ohne Krankenschein oder Staatszuschuss! Ein Herzensanliegen also diese Selbstfindung in Meditation, diese Konzentration auf Wesentliches nach all der hektischen Zerstreuung. Ich meine, da läge auch die Zukunft von Kunst und Kultur im Museum!«

Hier benötigte Strieling eine Atempause, während Geldern sich wieder lungenkräftig fühlte.

»Mein Gott, Herr Strieling«, sagte er, »welch ein rhetorischer Aufwand zur Verteidigung Ihres Nichtstuns! Was hätten Sie mit diesem Energieaufwand alles bewerkstelligen können!

Aber Ihre Ideologie, meine ich, die käme auch meinem Schwiegersohn zupass. Als Meditationsmeister könnte ich ihn mir vorstellen. Meditationsübungen vor Caspar David Friedrich unter Anleitung von Klaus Peter Tillmann. Zwei Männer in Betrachtung des Mondes. Zu den zwei Männern gesellen sich zehn Frauen und Klaus Peter und alle versinken sie im magischen Leuchten des Gestirns. Ich werd' ihm die Anregung weitergeben. Teilnahmegebühr sechs Euro pro Person und Stunde würde ich sagen, da sind wir immer noch wesentlich billiger als der Guru.

Wenn ich allerdings familienfreundlich denke, muss ich Klaus Peter raten, die Sache nebenamtlich aufzuziehen, abends nach Dienstschluss. Für die Inanspruchnahme der Museumseinrichtungen liefert er 25 % ab, bleiben ihm 4,50 Euro pro Person. Da meditiert er fröhlicher.«

»Ich habe doch von einer Gegenwelt gesprochen!«, warf Strieling ein. »Und Sie schwimmen schon wieder im Mainstream! Geschäfte mit der Stille!«

»Tun Sie doch nicht so vornehm.« Geldern reagierte ärgerlich. »Ohne Geld läuft gar nichts. Nicht einmal die Stille im Museum und auch nicht Ihre Kaffeezeremonien, zweimal am Tag, die viel zu lange dauern. Sie könnten ja Meditationskurse vor Aktentürmen geben. Den Staub der Ewigkeit vermitteln sie auch. Im Hauptamt natürlich, damit Sie sich nicht in den Mainstream verirren und versehentlich Geld verdienen durch eigene Arbeit.

Leben Sie wohl und überanstrengen Sie sich nicht beim Meditieren!«

August Geldern stapfte unwirsch brummend hinaus, vergaß sogar, sich für den Kaffee zu bedanken und brauchte zwei Tage schmollender Enthaltsamkeit, ehe er wieder um zehn Uhr bei Strieling anklopfte.

Seniorensport

Elisabeth Luise nannte ihren Mann einen Hypochonder. Das war nach der Herzgeschichte, die er sich, so sagte Elisabeth Luise, nur eingebildet hatte. Über mehrere Wochen klagte er jeden Tag nach dem Frühstück, er spüre Stiche am Herzen. Seine Frau überging dies. Sie redete vom Wetter oder davon, dass sie demnächst wieder zum Frisör müsse. Ihre Haare seien zu lang. Dass er ihr Mitleid vermisste, merkte sie. Dennoch wartete sie vier Wochen, bis sie ihm den Rat gab, sich beim Kardiologen anzumelden. Er sagte: »Wenn du meinst, dass es nötig ist. Ich tu' es dir zuliebe, damit du dir keine Sorgen machst.« Sie sagte nichts und lächelte, als wisse sie es besser. Er mochte dieses Lächeln nicht.

Nachdem die Ergebnisse vieler Untersuchungen vorlagen, meinte der Kardiologe, Augusts Herz sei gesund und leistungsfähig. Er könne damit hundert Jahre alt werden. Etwas mehr Bewegung allerdings sei anzuraten. Wer rastet, der rostet. Das gelte auch für den Herzmuskel.

Am nächsten Morgen klagte August nicht mehr über Stiche. Das sei immer so bei ihm, sagte Elisabeth Luise. Er brauche nur den Spruch eines Arztes, dann sei er gesund. Er glaube eben an Ärzte wie andere an den lieben Gott. Das eine sei so irrational wie das andere. Mehr spreche allerdings für den lieben Gott. Man könne nicht beweisen, dass es ihn nicht gibt. Dass es keinen allmächtigen und allwissenden Arzt gibt, sei demgegenüber beweisbar.

August konnte nicht lachen bei solchen Scherzen. Bisher, sagte er zu Elisabeth Luise, sei für ihn Krankheit etwas Vorübergehendes gewesen. Mit oder ohne Arzt, man wurde wieder gesund. Jetzt aber seien sie alt, und jede Krankheit, die komme, könne bleiben und die Krankheit zum Tode werden. Davor habe er Angst. Die meisten Menschen stürben an einer Krankheit.

Das sei keineswegs zwingend. Wenn die Zellen eine bestimmte Lebensdauer hätten wie eine Batterie, könnten sie doch bis zur

Erschöpfung laufen. Man sterbe dann an Altersschwäche. Aber meistens würge eine Krankheit die Batterie vorzeitig ab.

Elisabeth Luise meinte dazu, ob sie an einer Krankheit sterbe oder an Altersschwäche, sei ihr ziemlich egal. Lieber ein Herzinfarkt als eine ausgedörrte Zwetschge, sagte sie dann salopp.

August aber verkündete, er wolle jetzt gesund leben und auch gesund sterben. Das sei kein Widerspruch, sondern das eigentlich Natürliche. Er kaufte Joggingschuhe. Sie verschafften ihm ein neues Laufgefühl. Er federte. »Leute, die dynamisch bleiben wollen, joggen«, sagte er zu Elisabeth Luise, »Clinton, zum Beispiel, oder Joschka Fischer.«

Schon vor dem Frühstück zog er los in einem dunkelblauen Jogging-Anzug, von dem er glaubte, dass er einem ausgedienten Bank-Manager angemessen sei. An Vorgärten vorbei keuchte er eine kleine Bergstraße hoch, die an den Rand der Villensiedlung führte. Um diese Zeit, dachte er, bin ich hier allein. Aber er hatte den Arbeitseifer seiner jüngeren Nachbarn unterschätzt. Geschäftig marschierten sie mit ihren Aktenköfferchen zu den Garagen, stutzten, als sie ihn herankeuchen hörten, grinsten hämisch, so jedenfalls empfand es August, riefen »Respekt! Sportlich, sportlich!«, oder ähnliche Munterkeiten, auf die August aus Atemmangel nichts erwidern konnte. Die Situation war ihm peinlich. Er beschloss, den Rest des Sträßchens bis zum Siedlungsrand mit leisem Atem zu gehen.

Oben, wo die Wiesen begannen, setzte er sich wieder in Trab. Er merkte jedoch bald, dass er in das Abtrittsrevier der Hunde geraten war. Nicht nur, dass er deren Exkrementen ständig ausweichen musste, eine stattliche Anzahl war auch noch dabei, sich auf den Wiesen morgendlich zu erleichtern, während Herrchen und Frauchen gelangweilt auf und ab promenierten, den Blick zum Himmel gerichtet, als hätten sie mit dieser Fäkalienproduktion nicht das Geringste zu schaffen.

Niemand lässt sich gerne bei solchen Verrichtungen stören, auch Hunde nicht. Augusts Rennerei machte sie nervös. Allenthalben erhob sich ein wütendes Kläffen, das umso stärker wurde, je mehr August das Tempo steigerte, um dem Kläffen zu entkommen. August war nie Hundehalter gewesen. Das Gemütsleben des

Haushundes blieb ihm daher fremd. Obwohl er an gemeinsame Wurzeln alles Lebendigen glaubte, war er – mangels Übung – nicht in der Lage, sich mit der domestizierten Form des Wolfes zu verständigen. Er hatte Angst vor dem Tier mit dem Gebiss eines Fleischfressers. Hunde riechen Angst. Wenn der Herr den Knecht fürchtet, wird der Knecht frech. August machte Hunde frech. Großmäulig liefen sie hinter ihm her, ein Kläffer nach dem anderen. Ihre Freude an der Macht über den Aufrechtgeher war so groß, dass sie sich von Herrchen und Frauchen nicht zurückpfeifen ließen.

August rannte, als ginge es um sein Leben. Er spürte sein Herz jagen wie das eines flatternden Vogels und obwohl er an den Spruch des Arztes glaubte, gingen ihm Stiche durch die Brust, jäh und heftig. Er steuerte wieder bergab in die Villensiedlung, durcheilte sie als Schnellläufer, ohne länger auf hämische Blicke der Nachbarn zu achten. Ein gelbweiß gestromter Scotchterrier blieb auch hier noch an seinen Fersen, als wollte er sich den Genuss, August in die Flucht zu jagen, nicht so rasch entgehen lassen. Erst an Augusts Gartentüre blieb er stehen, kläffte dem Flüchtling einige Salven des Triumphes nach und trottete dann stumm und knechtisch zur Wiese zurück, wo sein Herrchen schon lange mit Pfiffen und Rufen Gehorsam forderte.

August weigerte sich nach diesem Erlebnis, weiterhin an die gesundheitsfördernde Wirkung des Joggens zu glauben.

Seine Frau meinte, er solle sich in einer Gruppe ertüchtigen. In der Gemeinschaft überwinde man die eigene Trägheit leichter. Überdies gewinne er neue soziale Kontakte, was der Einsamkeit des Alters entgegenwirke.

August meldete sich beim nächstgelegenen Sportverein zur Senioren-Sport-Gruppe, männlich, an. Die Gruppe turnte am Dienstag von 18 bis 19 Uhr in der Sporthalle einer Grundschule. Als er zum ersten Mal den Umkleideraum neben der Turnhalle betrat, verschlug es ihm den Atem. Der Schweiß sportlicher Ertüchtigung von Kindern und Greisen hatte die Luft mit zersetzter Fettsäure gesättigt, die unangenehm in die Nase stach.

Der schmale, lang gezogene Raum, in dem August kein Fenster entdeckte, war dicht mit älteren Männern gefüllt, die sich an- oder auszogen. Offenbar vollzog sich ein Schichtwechsel. Während die einen bereits von 17 bis 18 Uhr geturnt hatten und sich nun ihrer verschwitzten T-Shirts und Trainingshosen entledigten, zogen die anderen ihre Straßenkleidung aus, um sich sportlich zu rüsten. August dachte: Es gibt nichts Hässlicheres als einen Haufen älterer Männer. Die Silhouetten erinnerten ihn an Fragezeichen. Oben die Rundung nach hinten, der Schreibtischbuckel, unten die Rundung nach vorne, der Bauch der Überernährten. Zwischen den Dicken tummelten sich einige, die eingeschnorrt waren, saftlos und faltig.

Hemmungen hatten die wenigsten. Einige zeigten den nackten Hintern, wenn sie von der Turnhose in die mehr oder weniger weiße Unterhose wechselten, andere gar die entblößte Vorderfront.

August beeilte sich, die Ausrüstung anzulegen, die er eigentlich zum Joggen gekauft hatte. Wenigstens gibt es hier keine Hunde, tröstete er sich. Dann floh er in die Weite der Turnhalle, in der sich die Gerüche der schwitzenden Turner verloren.

Der Übungsleiter stand dort und verteilte Bälle. »Zum Aufwärmen«, sagte er. August schätzte ihn auf Mitte dreißig. Er war braun gebrannt, trug modisch getrimmtes Kurzhaar und hatte jene unentwegte Fröhlichkeit im Blick, die keine Zweifel kennt. »Niesenbeck«, sagte er, als August sich vorstellte. »Herzlich willkommen!« Mehr nicht.

Von einem anderen Seniorenturner erfuhr August, dass es sich um einen Studienrat für Sport und Geographie handle, der sich bei den Senioren ein Zubrot verdiene. »Ein patenter Kumpel«, urteilte der Mitturner. Beim Aufwärmen mit dem Ball schieden sich bereits die Geister. Einige hatten langjährige Fußballerfahrung und dabei das entwickelt, was sie stolz »Ballgefühl« nannten. Den staunenden Untrainierten zeigten sie ihre Kunststücke. Sie konnten den Ball in Bewegung und gleichzeitig am Körper halten, als seien sie mit ihm durch ein unsichtbares Gummiband verbunden. Vom Fuß hoben sie ihn zum abgewinkelten Knie, stießen ihn von dort über den Kopf, spielten ein wenig Kopfball, ließen ihn schließlich zu Boden fallen, nahmen ihn wieder mit dem Fuß auf und begannen den Aufstieg zu höheren Körperteilen von neuem.

August wusste nicht, was er mit dem Ball anfangen sollte. Schließlich fand er einen ebenso Unbedarften, einen von den eingeschnorrten Faltigen. Ihm warf er seinen Ball zu und der Faltige musste dasselbe tun, wollte er seine Hände frei bekommen, um zu fangen. So tauschten sie ihre Bälle, ein ums andere Mal, und August fühlte sich wie im Kindergarten. Er war dankbar, als Herr Niesenbeck zu kommandieren begann und er seinen Ball abliefern durfte. In eine Kette hatte er sich einzureihen, die im Kreis lief, zuerst im Schritt, dann im Trab, schließlich im Schnelllauf als Endspurt. Diese Endphase gab den Ehrgeizigen Gelegenheit, sich erneut hervorzutun. Sie brachen aus der Kette aus und wirbelten nach vorne, als gelte es, einen 100-m-Lauf zu gewinnen. August stellte sich an die Wand, um aus dem Weg zu sein.

Dort durfte er auch bleiben, denn Niesenbeck kommandierte jetzt 20 Minuten Gymnastik. Von Kopf bis Fuß kamen Gelenk um Gelenk, Muskel um Muskel an die Reihe und August staunte, was alles sich bewegen ließ, was er schon lange nicht mehr bewegt hatte. Wenn er den Kopf rollte, knirschte es im Nacken, als wären die Kugellager nicht geschmiert, sondern mit Sand gefüllt. Mit den Fingerspitzen kam er bei gestrecktem Knie nicht mehr auf den Boden. Und die Bauchmuskulatur erwies sich als weicher Schwächling, wenn er sie – auf dem Rücken liegend – mit kreisenden Beinen in Anspruch nahm. Erstmals dachte August daran, er könnte als besserer Mensch aus diesen Qualen hervorgehen, war ihm doch von Kindesbeinen an eingeimpft worden, dass sich auf Fleiß Preis und auf regen Segen reimt.

Aber bald musste er erkennen, dass für die meisten seiner Mitturner das Ziel der 20-minütigen Anstrengung nicht Läuterung, sondern die Teilnahmeberechtigung an einem ernsten Spiel war.

Niesenbeck gab die Arena frei zum Volleyball-Turnier. August nannte es so, denn er sah, dass es nicht um laxe Spielerei, sondern um Sieg oder Niederlage ging. Ob dick oder ausgedörrt, sechzig oder siebzig, die Mannschaft erwartete Kampfgeist, Einsatz und ernsten Siegeswillen. Die 24 Seniorenturner verteilten sich auf zwei Spielfelder und auf jeder Seite des Netzes bildeten sechs

Spieler eine Mannschaft. Niesenbeck griff in die Verteilung nicht ein. Er vertraute auf die selbstorganisierenden Kräfte der Gruppe. Den Ton gaben die Spieler mit Ballgefühl an. Sie versuchten, durch Zuruf möglichst diejenigen um sich zu scharen, denen sie Ballfertigkeiten zutrauten. Nach August rief niemand. Er wartete ab, wo eine Lücke blieb, und stellte sich als dritter Mann bescheiden in die Verteidigungszone, während die Ballakrobaten in die Angriffszone drängten. Von den Verteidigern allerdings musste von rechts hinten die Angabe geschlagen werden. Auch ließ Niesenbeck nach jeder Angabe die Spieler ihre Positionen gegen den Uhrzeigersinn wechseln. So kam August, der sich hinten in die Mitte gestellt hatte, rasch an die Reihe. Alle Augen starrten auf ihn, so jedenfalls war sein Eindruck. Verunsichert schlug er mit allzu viel Kraftaufwand zu und der Ball landete hinter der Grundlinie im Aus. Auch sonst waren seine Beiträge zu den Siegeschancen seiner Mannschaft eher bescheiden. Während die Ballkünstler das Leder noch 20 cm über dem Boden mit beiden Händen so anhoben, dass es über das Netz geschlagen werden konnte, oder im Sprung den Ball von weit oben unerreichbar in das gegnerische Feld schmetterten, glückte ihm das Zuspiel nur selten und den Angriff über das Netz überließ er lieber den anderen, zumal sie ihn mehr und mehr mit dem Ruf »Lass ihn, lass ihn!«, beiseite drängten. Zuweilen hörte er abfälliges Murren, wenn er den Ball verschlug, und dieses Murren wurde immer gereizter, nachdem seine Mannschaft zwei Sätze verloren hatte und im dritten Satz zurücklag. Als in dieser Situation eine seiner zittrigen Angaben im Netz landete, hörte er deutlich den Ausruf »Trottel«. Er kam von einem hager-drahtigen Ballkünstler mit fanatischen Augen, der gerade links außen in der Angriffszone stand. August wusste nicht, wie er auf diese Beleidigung reagieren sollte. Eigentlich, so ging es ihm durch den Kopf, wäre es Sache von Niesenbeck, ein so unkameradschaftliches Verhalten zu rügen. Aber Niesenbeck tat so, als ob er nichts gehört habe, obwohl er nur einen Meter von dem hageren Beleidiger entfernt stand. Da beschloss August, schweigend durchzuhalten bis zum bitteren Ende des Spiels, das seine Mannschaft 0:3 verlor.

Zu Hause ließ er seinen Groll an Elisabeth Luise aus. 35 Jahre habe ihn in der Bank niemand einen Trottel genannt, vielmehr sei ihm nur Lob und Anerkennung zuteil geworden. Und jetzt, im wohlverdienten Ruhestand, müsse er sich in diesem lächerlichen Proletenverein auf solche Weise beleidigen lassen. Keine zehn Pferde brächten ihn mehr in diese stinkende Turnhalle.

Elisabeth Luise versuchte zu beschwichtigen, sprach von vorschnellem Urteil und der Notwendigkeit, sich in einer solchen Gemeinschaft einzugewöhnen. Aber August blieb hart, ja, er wies sportliche Ertüchtigung plötzlich generell von sich. Schon Churchill habe schließlich den berühmten Ausspruch getan: »No sports«, als er nach dem Grund für seine gute Gesundheit im Alter gefragt wurde.

Als Elisabeth Luise Churchill daraufhin einen Zigarren zuzelnden Kindskopf nannte, erwiderte er gelassen: »Aber ein genialer Kindskopf, Elisabeth Luise! Und geniale Kindsköpfe gibt es nur unter Männern!«

Familienstreit

Elisabeth Luise ahnte, es werde Streit geben. Sie hatte schlecht geträumt letzte Nacht. Sie sah, wie er mit dem Stock auf einen Scotchterrier einschlug. Plötzlich wuchs der Hund zu stattlicher Größe und verwandelte sich in ihren Schwiegersohn, was August keineswegs bewog, den Stock ruhen zu lassen.

»Hör' doch auf, August«, rief sie, »es ist Klaus Peter.«

»Aber er kläfft wie ein Hund«, rief August zurück und prügelte weiter.

Da versuchte sie, ihm in den Arm zu fallen. Augusts Stock traf sie am Kopf. Sie erwachte und merkte, dass sie ihren Kopf gegen die hölzerne Rückwand des Bettes gestoßen hatte.

Beim Frühstück traf sie August schlecht gelaunt. Sie dachte zunächst, er spüre das Wetter. Über Nacht war ein Südwestwind aufgekommen und hatte die herbstliche Kühle in sommerliche Schwüle verwandelt. Gegen Wetterumschwünge war August empfindlich geworden. Jedenfalls glaubte Elisabeth Luise an solchen Tagen eine gesteigerte Reizbarkeit an ihm festzustellen, die er selbst allerdings energisch bestritt.

Heute konnten es auch die Börsenkurse gewesen sein, die August schon vor dem Frühstück der Zeitung entnommen hatte. »Eine Katastrophe«, sagte er, »schlimmer, als ich in meinen schwärzesten Träumen befürchtet habe. Die Softcom-Aktien sind über Nacht in den Keller gerutscht, total in den Keller! Und dieser Idiot kauft das Zeug für 50.000. Ein windiger Software-Laden, den irgendjemand mit Erwartungen aufgeblasen hat, bis er geplatzt ist. In so etwas investiert unser bescheuerter Schwiegersohn 50.000; viel mehr wird er ohnehin nicht haben. Im Zweifel stammt das meiste von Klara, wenn man genau hinschaut! Der Mensch ruiniert sich und seine Familie! Hat einen Bänker als Schwiegervater; aber nein, beraten lässt er sich von diesem ominösen Hugo, einem Wohnungsmakler mit Hinterhausbüro.

Nur, weil er mit ihm in die Schule gegangen ist. Der Kerl hat damals schon nichts getaugt. Zweimal durchgefallen, Haschgeschichten, Hausbesetzer, Dauerdemonstrant! Und jetzt: Mieter schröpfen und mit Aktien spekulieren!«

Jetzt musste August Luft holen, mehrmals durchatmen. Auch fühlte er sich durstig und leerte die zweite Kaffeetasse ohne abzusetzen. Elisabeth Luise sah die Chance, vorsichtig abzuwiegeln.

»Du solltest dich nicht so aufregen, August«, sagte sie. »Du weißt, dein Blutdruck ist ohnehin zu hoch und Dr. Knoblauch mahnt dich ständig zur Gelassenheit. Das mit den Aktien ist immer eine unsichere Sache. Bleibt man auf der sicheren Seite, kann man nichts gewinnen. Setzt man auf Wagnis, hat man wenigstens eine Chance, kann aber auch viel verlieren. Das geht nicht nur unserem Klaus Peter so. Vielleicht ist er demnächst wieder oben.«

»Wunderbar«, setzte August wieder ein, nachdem er seine Kaffeetasse geleert hatte. »Unser Schwiegersohn als Hasardeur, Habenichts und Glücksspieler! Die jungen Leute können ja nicht mehr solide, mit Geduld, über lange Jahre etwas aufbauen. Auf Risiko setzen und über Nacht reich werden! Lauter Goldgräber, und wenn's in den Graben geht, soll sie der Schwiegervater wieder rausziehen. Der Papa wird 's scho' richten! Einen Dreck werd' ich!«

Jetzt war August wieder rotköpfig und in Atemnot.

Elisabeth Luise konnte den zweiten Beschwichtigungsversuch unternehmen.

»Du hast ja Recht, August, nur zu Recht. Du solltest einmal mit Klaus Peter eindringlich darüber reden! Aber nicht heute, bitte nicht heute. Du weißt, heute ist Davids zweiter Geburtstag. Wir gehen zu ihm, um mit ihm einen glücklichen Nachmittag zu verbringen. Da darf es keinen Streit geben. So ein Kind spürt die Atmosphäre. Es soll eine heitere, entspannte Atmosphäre sein. David soll seinen zweiten Geburtstag in glücklicher Erinnerung behalten!«

»Nichts wird er!« August war wieder bei Stimme und keineswegs besserer Laune. »Kein Mensch erinnert sich an seinen zweiten Geburtstag! Ein Zweijähriger weiß nicht einmal, was ein Geburtstag ist. Allenfalls merkt der David, dass die Frauen noch mehr um ihn herumtanzen als sonst. Und ein Berg von neuen

Spielsachen verwirrt ihn total. Ein Tag der Verwirrung und des Erwachsenentheaters, das ist alles!«

David war fein angezogen. Er trug eine Latzhose mit schwarz-weißem Pepita-Muster und einen weißen Pullover. Erst hatte ihn Klara in Blau gekleidet. Aber die marineblauen Hosen bekamen rotgelbe Flecken vom Möhrensaft, den er seiner Mutter aus der Hand geschlagen hatte. Auch der weiße Pullover war schon der zweite. Den ersten zierten braune Flecken von der Geburtstagstorte. Klara hatte sie gebacken, mit weißen Marzipanbuchstaben »David« auf den Schokoladenguss geschrieben, eine »2« dazugefügt und zwei weiße Kerzen darauf gesteckt, die feierlich brannten, als David am Morgen den Geburtstagstisch inspizierte. Er durfte sie ausblasen. Bei dieser Gelegenheit griff er nach dem kleinen »d«, am Ende des Namens, und riss es heraus samt einem großen Stück Umland aus Schokoladenguss, das er an seinen Pullover schmierte. Die Torte sah gerupft aus mit dem sinnlosen »Davi« und dem großen Loch im Guss.

Elisabeth Luise bewunderte sie trotzdem. Sie hielt David auf dem Arm und erzählte ihm lange Geschichten vom Geburtstag und wie er immer größer und gescheiter werde. August wartete indes ungeduldig daneben mit dem Dreirad in der Hand, das sie David schenken wollten. Sie solle David endlich draufsetzen, forderte er energisch. Aber der wollte nicht sitzen, streckte störrisch seine Beine gerade.

»Lass mich das machen!«, rief August und riss seinen Enkel an sich, gab ihn aber rasch wieder an seine Frau zurück mit einem Gesicht, das diese später empört als lieblos und angewidert bezeichnete. Roh und geschmacklos gar fand sie seinen Ausruf: »Der Jubilar hat die Hosen voll, drum will er nicht sitzen!«

Empörung zu ernten, nur weil er das Malheur beim Namen genannt hatte, fand August ungerecht. Zu schämen hätten *sie* sich, sagte er zu Klara und Klaus Peter, denn sie hätten als Erzieher kläglich versagt, wenn ihr Sprössling mit zwei Jahren noch nicht sauber sei. Klara jedenfalls sei in diesem Alter längst so weit gewesen. Alle Kultur beginne mit der Sauberkeitserziehung! Ein Kulturhistoriker sollte das begreifen!

Klaus Peter, in seiner Berufsehre gekränkt, hielt dagegen, dass hier jede Überstürzung von Übel sei.

Ein entspanntes Verhältnis zum Abfall des eigenen Körpers sei wichtig, sage die Wissenschaft. Vorzeitige Kontrolle über die Ausscheidung könne einen analen Charakter heranbilden, der durch Pedanterie, Geiz und Eigensinn gekennzeichnet sei.

Nichts bereitete August größere Pein als die wichtigtuerische Berufung auf Wissenschaft, wenn es um unbewiesene Spekulationen ging, Spekulationen, die sich obendrein um die Windeln seines Enkels rankten. Man solle ihm mit solchem Quatsch gefälligst vom Leibe bleiben, brauste er auf. Ob Klara vielleicht einen gewissen Charakter habe? Er wolle das Wort gar nicht aussprechen! Ob sie vielleicht geizig, pedantisch und eigensinnig sei?

Klaus Peter beeilte sich, dies entschieden zu verneinen und zu betonen, er habe doch nur eine theoretische Möglichkeit aufzeigen wollen, ohne sich damit zu identifizieren.

Als Elisabeth Luise wieder hereinkam mit dem frisch gewickelten David auf dem Arm und ihn flehend ansah, ging August in sich. Er nahm sich vor, für den Rest des Nachmittags sehr ruhig zu bleiben und sich von Klaus Peter und seinen Theorien nicht provozieren zu lassen. Überhaupt, sagte er sich, sei es die angemessene Haltung des Alters, das Leben zu nehmen wie es ist, bunt und schillernd, hell und dunkel, licht und schattig. Partei zu ergreifen sei des ergrauten Weisen nicht würdig.

So stocherte er leidenschaftslos in einem Stück Geburtstagstorte und schluckte sogar das »i« von »Davi«, obwohl er Marzipan nicht mochte. Auch David fiel nicht mehr durch störende Aktivitäten auf. Auf seinem Hochstuhl zwischen Klara und Elisabeth Luise thronend, wurde er von den beiden Damen so mit Bewunderung, Liebkosungen, Handspielen und schmeichelndem Singsang zugedeckt, dass er nicht den geringsten Anlass sah, durch Lärm, Wurfgeschosse oder Schlagkraft noch mehr Aufmerksamkeit auf sich zu ziehen. Er ruhte in sich.

So wäre es doch ein harmonischer Geburtstagsnachmittag geworden, wenn Klaus Peter nicht instinktlos das Auto-Thema angeschnitten hätte. Er saß neben August und sie hatten bisher nur Belangloses geredet, über das Wetter und über das Essen in der

Museumskantine. Es war Augusts leidenschaftslose Ruhe, die Klaus Peter zu der Annahme verleitete, sein Schwiegervater sei jetzt besonders belastbar. So fing er von seinem Auto an, einem zwölfjährigen VW-Variant mit 230 000 km, der den nächsten TÜV wohl nicht mehr überstehe. Der Kauf eines neuen Wagens sei für die Familie unumgänglich. Die Finanzierung allerdings bereite Schwierigkeiten. Er sei zurzeit knapp bei Kasse und da habe er gedacht ...«

»Der Papa wird's schon richten!«, fiel August ein und sein gequältes Lachen hatte etwas Bärbeißiges. Nein, nein beschwichtigte Klaus Peter, sie hätten nur an eine kleine Hilfe gedacht, einen Zuschuss, vielleicht auch nur eine Überbrückung. Aber die Lawine war losgetreten. Warum er denn nicht seine zahlreichen Softcom-Aktien verkaufe, warf August höhnisch ein und ließ damit alle guten Vorsätze im Stich.

So musste Klaus Peter zu seinen Sünden stehen, und August konnte die Versuchung nicht unterdrücken, ihn einen Hasardeur zu nennen, der sich obendrein von einem Dummkopf beraten lasse.

Längst hatte der Streit eine Lautstärke erreicht, die die beiden Damen erschreckt aufhorchen ließ und ihre Aufmerksamkeit von David abzog. Der fühlte sich vernachlässigt und warf einen Serviettenring, den Elisabeth Luise ihm als Spielzeug überlassen hatte, in deren eben nachgefüllte Kaffeetasse. Vorübergehend richtete sich Augusts Gereiztheit gegen das Kind und deren Betreuerinnen. Ob der Kerl denn dauernd Schweinereien machen müsse, fragte er, und ob zwei Frauen nicht in der Lage seien, ihn im Zaum zu halten.

Klara sah im Allgemeinen über alle Fehler ihres Vaters hinweg. Jetzt aber bäumte sich gekränkte Mutterliebe in ihr auf. Seine üble Laune an dem kleinen hilflosen Kind auszulassen, sei in grobem Maße unfair, wagte sie ihrem Vater mit leicht zitternder Stimme vorzuhalten. Auch lasse sie David nicht von ihm beleidigen.

August blieb rechthaberisch. Er schalt seine Tochter humorlos und forderte Klaus Peter auf, mit ihm nebenan in dessen Arbeitszimmer zu gehen, damit man ungestört von Kinder- und Frauengezänk weiterreden könne.

Einen Moment zögerte Klaus Peter, sich ohne frauliche Hilfe dem Duell mit dem Schwiegervater zu stellen. Dann überwand er sich in der Hoffnung, August doch noch zu einer milden Gabe zu bewegen. Immerhin lehnte August nicht ab, als er ihm einen Schluck Cognac gegen den Stress anbot.

Dann saßen sie sich vor ihren Cognac-Schwenkern mehrere Minuten schweigend gegenüber. Nur das Summen einer Fliege war zu hören, die hartnäckig um Augusts Kopf kreiste und sich von Zeit zu Zeit auf seine Nase setzte, von der er sie mit ärgerlich-hastiger Handbewegung verscheuchte, ohne sie fangen zu können.

Schließlich verkündete August sein Angebot. Es klang wie ein Urteil, gegen das es keine Revision gab. Er sei bereit, ein zinsloses Darlehen bis zur Höhe von 20 000 Euro zu gewähren, mit einer monatlichen Rückzahlung von 400 Euro. Ein Darlehen, wohlgemerkt, und die Pflicht zur Amortisation verhindere weitere leichtfertige Spekulationen, so hoffe er wenigstens. Er werde das zurückbezahlte Geld sicher und ertragreich anlegen und eines Tages gehe es ohnehin auf Klara über.

Klaus Peter bekundete zunächst mehrfach seine tiefe Dankbarkeit, dann wagte er den Einwand, eine Zahlungsverpflichtung von 400 Euro im Monat lege der jungen Familie Fesseln an, die hart ins Fleisch schnitten. Klaus Peter liebte eine solche bildhaftexpressive Ausdrucksweise. Wie sein Schwiegervater wisse, sei das Gehalt eines Konservators bescheiden, überaus bescheiden und lasse wenig Spielraum neben dem Nötigsten.

»Not macht erfinderisch«, bemerkte August darauf ungerührt. Einem intelligenten Mann wie Klaus Peter müsse es ein Leichtes sein, sich Nebeneinnahmen zu verschaffen, etwa durch Führungen, Vorträge, Artikel, populäre Kunstbücher und Ähnliches. Das Amt eines Museumskonservators sei ja kein Stress-Marathon, der den Inhaber atemlos mache. Da blieben genug Kräfte, um sich Nebenquellen zu erschließen. So etwas fördere die geistige Beweglichkeit und den Realitätssinn.

Klaus Peter sah sein Amt und damit das Fundament seines Lebens geschmäht. Schließlich hatte es ihn genug Mühe gekostet, Frau Goldhals für sich, und auch wieder nicht zu sehr für sich, zu gewinnen.

»Ich glaube nicht, dass du das richtig siehst, lieber August!«, wagte er seinem Schwiegervater zu entgegnen, um in gravitätischer Würde fortzufahren: »Dieses Amt erfordert den ganzen Mann!« Er fügte noch mehrere Sätze der Begründung an, über die Verantwortung für millionenschwere Kunstschätze, über den Dienst an der Wissenschaft, über den Stress des Ausstellungsmanagements, über die harte Konkurrenz unter den Kollegen, er erinnere nur an den Kollegen Kühlmann.

Aber August hörte nicht mehr recht hin. Er kaute noch an dem Satz: »Dieses Amt erfordert den ganzen Mann!« Den konnte er nicht schlucken, den musste er wieder ausspucken und so einiges an galligem Spott hinterher. Da half alles Bemühen um Altersweisheit nicht, auch nicht das früh gelernte Gebot, niemand zu verdächtigen ohne sicheren Beweis.

»Den ganzen Mann«, höhnte August. »Für Bübereien sollte dann allerdings kein Platz sein in diesem so bedeutenden Amt, läppische Bübereien mit Pinsel und Farbtopf, nur um den Konkurrenten Kühlmann zu ärgern! Eines ganzen Mannes würde ich meinen, ist diese Mohrentaufe Mussolinis nicht würdig. So was hat man mit den Flegeljahren hinter sich oder man wird nie ein ganzer Mann!«

Klaus Peter musste sich erst über die Bedeutung dieser Sätze klar werden. Beleidigend waren sie auf jeden Fall. Aber wollte sein Schwiegervater allen Ernstes ihn verdächtigen, eigenhändig diesen Mussolinikopf eingeschwärzt zu haben? Das war ja ein ungeheurer Vorwurf. Mit Wut und Empörung musste er darauf reagieren, wollte er nicht in Verdacht geraten, wirklich etwas mit der Sache zu tun zu haben. Echte Wut allerdings kochte nicht in ihm. Er konnte sich überhaupt nicht erinnern, jemals wütend gewesen zu sein in seinem Leben, eher spürte er Angst vor diesem ungeheuren Anwurf, den er aus der Welt schaffen musste. So schrie er aus Leibeskräften wie ein kleiner Junge, der nachts durch den Wald geht und seine Angst mit lautem Gesang übertönt. »Ich verbitte mir diese üblen Verleumdungen!«, brüllte er und August hörte an der verzerrten Stimme, dass Klaus Peter sich zwang zu schreien.

»Du nimmst das, du nimmst diese Beleidigungen, diese ungeheuren Verleumdungen sofort zurück oder ... oder ...« Klaus Peter fiel nicht ein, welche Sanktionen er gegen seinen Schwiegervater verhängen sollte.

Aus dieser Verlegenheit erlösten ihn die Frauen. Sie rissen die Türe auf, zutiefst erschreckt von der Stimmgewalt Klaus Peters, die sie so noch nie vernommen hatten.

»Um Gottes Willen, Klaus Peter!«, rief Klara. »Was ist mit dir?« Und sie umarmte ihren Mann, als müsste sie ihn vor ihrem Vater schützen.

Dem war nicht wohl bei dem Gedanken, wie weit er sich mit seinen Anschuldigungen vorgewagt hatte. Aber Klaus Peters Geschrei hinderte ihn am Rückzug. Trotzig beschloss er, noch einmal aufzutrumpfen. »Mach ihm Umschläge mit kaltem Wasser, Klara!«, sagte er mit ruhiger, fester Stimme. »Das hilft bei hysterischen Anfällen! Und wir, Elisabeth Luise, räumen jetzt das Schlachtfeld!«, fuhr er fort und stapfte dem Ausgang zu.

»So können wir doch nicht gehen, August! So kann doch Davids Geburtstag nicht enden!«, jammerte Elisabeth Luise. Aber August drehte sich nicht um. Wortlos ging er durch die Haustür auf sein Auto zu und seine Frau musste ihm folgen, wenn sie nicht zu Fuß gehen wollte.

Ein Betriebsausflug

August saß jetzt öfters an seinem alten Mahagonischreibtisch, den er aus der Bank ins Museum gerettet hatte. Nicht, dass es ihm nach Arbeit zumute gewesen wäre. Nein, er las Zeitungen oder starrte auf die Enten, die auch nicht vorankamen in ihrem goldenen Rahmen. Zu Hause hätte er Elisabeth Luises vorwurfsvolles Gesicht gesehen. Da tauchte er lieber mit den Enten ins Wasser. Die ersten Tage dachte er noch an den Krach mit Klaus Peter und daran, dass sie nun alle gegen ihn waren, auch Klara und Elisabeth Luise, vielleicht auch David. So ein Kind spürt doch, wohin die Gefühle strömen. Und gegen den Strom wird es sich noch nicht stellen können auf seinen kurzen Beinen.

Dann kehrten Augusts Gedanken zurück zu ihm selbst und sie wurden immer trüber.

Er wollte seine Sekretärin rufen, damit sie ihm Kaffee brächte und ein paar Worte der Freundlichkeit. Aber es fiel ihm plötzlich ihr Name nicht ein. Und je zorniger er nach dem Namen suchte, umso tiefer blieb er vergraben. Dass er Namen vergaß, passierte ihm immer häufiger. Oft ging er Bekannten aus dem Weg, auf der Straße oder auf Veranstaltungen, nur weil ihm ihr Name nicht einfiel. Oder er brach einen Satz im Gespräch ab, weil er einen Namen gebraucht hätte, um ihn zu Ende zu führen. Manchmal half er sich mit Umschreibungen. Immer ging das nicht. Dann fiel er in hilfloses Schweigen und seine Gesprächspartner – so glaubte er zu bemerken – sahen ihn befremdet an, als könne man ihn nicht mehr für voll nehmen. Mit Eigennamen, dachte er, beginnt es. Dann kommen andere Wörter. Was sind sie anderes als Namen? Namen für Objekte, für Eigenschaften, für Tätigkeiten.

Warum soll man sie behalten, wenn man Eigennamen vergisst? Der Sprachschatz schrumpft. Am Ende bleibt seniles Lallen.

Wie beim Kleinkind, sagt man; der Kreislauf vom Ende wieder zum Anfang. Wenn es nur so wäre, dachte August. Das Kleinkind ist schön, das Alter ist hässlich. Rosig glatte, duftende Haut gegen muffig riechende Runzeln und hässliche braune Flecken.

Abends vor der Tagesschau kam manchmal ein Werbespot für irgendeine Lotterie. Da hatten ein paar alte Leute das große Los gezogen. Sie freuten sich kindisch darüber, stürmten in ein Reisebüro, um die Welt zu erobern und führten Tänze auf wie wild gewordene Tanzbären.

Offenbar hatte die Werbeagentur kein Empfinden für die Würdelosigkeit dieses Auftritts. August traf sie ins Herz. Alles was die Schönheit der Jugend steigert, dachte er, Freude, Übermut, tänzerische Bewegung, steigert die Hässlichkeit des Alters ins peinlich Groteske. Er hielt jetzt immer die Fernbedienung des Fernsehers in der Hand und sobald die Alten auftauchten, drückte er sie weg.

Sie kamen aber wieder, wenn er am Schreibtisch saß und auf das bunte Gefieder der Enten starrte. Manchmal dachte er dann, langsamere Zeiten hätten dem Alter etwas von seiner Würde gelassen. Gemessene Bewegung, die alternde Haut von dunkler Kleidung bedeckt, das könnte stimmig sein, und was stimmig ist, ist nicht hässlich.

Dann aber fielen ihm Berichte ein von Pflegeheimen: aufgelegene Rücken, Inkontinenz, Altersschwachsinn. Was sollten da Begriffe wie Stimmigkeit?

Die Natur ist grausam, dachte August. Keine Gloriole als Abschied, nein, erbarmungsloser Verfall. Das war es, was ihn immer wieder schaudern ließ, nicht der Tod, denn der, so glaubte August, gab dem alten Menschen die Würde zurück. Wenn er abends zum Essen heimkam und schweigend am Tisch saß, sagte Elisabeth Luise, er entwickle sich zum Hypochonder. Seine Schwermut sei nichts anderes als Flucht vor der Verantwortung. Er solle sich endlich bei Klaus Peter für seine Beleidigungen entschuldigen, auch bei Klara, und damit den Familienfrieden wieder herstellen. Dann sei ihm auch wohler und er sehe wieder die Schönheiten des Lebens. August sah sie schmerzlich und tiefgründig an und bemerkte: »Das siehst du zu oberflächlich.« Mehr war ihm nicht zu entlocken.

Hin und wieder besuchte ihn Strieling, wenn er vor den Entenbildern sinnierte. Mit Strieling konnte er über den Tod reden. Ja, es war Strielings Lieblingsthema. Der Tod, sagte Strieling, gebe dem Leben erst die Form, ohne ihn sei alles wucherndes Chaos. Ohne den Tod gäbe es auch keine Skulptur. Skulptur, das sei in Form erstarrtes Leben, vom Tod geprägtes Leben, und darum liebe er die Skulptur.

Strieling wusste auch Tröstliches, wenn August seine Angst vor dem Verfall bekannte. Er, August, gehe da von der falschen Annahme aus, als seien Körper und Geist zwei verschiedene Dinge, als sehe der Geist dem Verfall des Körpers zu und leide daran. Körper und Geist seien aber eins und die Betrachtungsweise des Geistes bleibe nicht dieselbe, wenn der Körper verfällt, sie sei vielmehr der Verfassung des Körpers angepasst. Das Leiden des Menschen an seinem eigenen Verfall halte sich so immer in Grenzen, und man brauche sich davor nicht zu fürchten oder gar in Panik zu verfallen.

Strieling war es auch, der August überredete, am Betriebsausflug des Museums teilzunehmen. Eigentlich hasste er Betriebsausflüge. Die Menschen, mit denen man täglich arbeitete, kamen einem plötzlich fremd vor, maskiert. Sie wollten demonstrieren, dass sie heute nicht im Dienst waren, mit Lederjacken, Schillerkrägen, Basketballmützen, Shorts, Bluejeans, Kneippsandalen, Dirndl und Strohhüten. Stundenlang saßen sie im Bus nebeneinander und fühlten sich verpflichtet fröhlich zu sein, obwohl ihnen langweilig war.

Eigentlich sollten sie nicht über den Dienst reden. Aber sonst verband sie nichts und so suchten sie den ganzen Tag verzweifelt nach Gesprächsstoff. August hatte auch Angst, Klaus Peter könnte mitfahren. Eine Begegnung auf der Bühne des betrieblichen Maskenfestes hätte nur peinlich werden können.

Aber Strieling wusste zuverlässig, dass Herr Tillmann sich abgemeldet hatte wegen heftigen Schnupfens. Sie könnten sich doch nebeneinander setzen im Bus, meinte Strieling. Und keiner müsse reden, wenn er nicht das Bedürfnis dazu habe. Oft sei ja Schweigen beredter. Auch hätten sie mit Leben und Tod ein unerschöpfliches Thema.

Da entschloss sich August mitzufahren, zumal er schlecht allein im Museum sitzen konnte, und bei Elisabeth Luise wollte er nicht bleiben. Der Ausflug ging zum Kloster Weltenburg am Ufer der Donau, nicht als Wallfahrt zur Jungfrau Maria, nein, als Wallfahrt zu den Gebrüdern Asam, die die Kunstgeschichte kanonisierte, weil sie aus römischem Spätbarock und bayerischem Theater das bayerische Rokoko kreiert hatten. Hauptkonservator Kühlmann übernahm die Führung durch die Klosterkirche und sein nüchterner Berichtsstil stand in merkwürdigem Gegensatz zur Theatralik des Kirchenraums. Immerhin lobte er Cosmas Damian Asam, den Baumeister, als großartigen Regisseur einer spätbarocken Kultoper, deren Musik von Händel stammen könnte. Allenthalben ist Dramatik in der Bewegung, jubelnde Aufschwünge, Zusammenklang von Fanfaren und Trompeten. Aus strahlender Helle reitet St. Georg durch die Ehrenpforte des Altaraufbaus. Sein Pferd scheut vor dem grässlichen Drachen, der sich drohend aufbäumt. Aber der goldfunkelnde Ritter hält ihm sein Flammenschwert entgegen. Rechts wendet sich devot St. Maurus in der Gestalt des Abtes Maurus Bächl dem heiligen Goldritter zu, während links St. Martin mit rhetorischen Gesten dem Kirchenvolk predigt, was es glauben solle. Von oben aber, von der Brüstung der Kuppelschale, dirigiert Regisseur Cosmas Damian das dramatische Geschehen, von seinem Bruder Egid Quirin in Farbe gegipst.

August tat sich schwer, das prächtige Schauspiel mit christlicher Frömmigkeit zu verbinden. Dies umso mehr, als die Sonne sich hinter Wolken versteckt hatte und sich weigerte, als Symbol eines himmlischen Gottes durch die unsichtbaren Fenster des Gewölbes zu brechen. Eher kam ihm der Gedanke, es seien ältere Götter zur Erde zurückgekehrt und hätten sich hinter den Masken von Schauspielern versteckt, spielfreudig heitere, ja stolz besitzende, zuweilen auch pfiffig-verschmitzte, eben bayerische Götter.

Als man gegen Abend im Garten der Klosterwirtschaft einkehrte, war die Sonne wieder bereit, die Kunstbegeisterten und ihr Bier zu wärmen, ohne transzendentaler Symbolik verdächtigt zu werden.

August wollte nicht erneut neben Strieling sitzen, um über den Tod zu sinnieren, und so gesellte er sich zu einer Runde junger Restauratoren, die schon beim ersten Bier eine unbeschwerte Fröhlichkeit verbreiteten. Besonders fiel ihm ein stämmiger Schwarzhaariger auf mit runden dunkelbraunen Augen und einer kurzen knolligen Nase, der so herzhaft lachen konnte, dass er jeden ansteckte, der ihm nahe kam. Alle nannten ihn nur den Sepp und August hatte Mühe zu erfahren, dass es sich um einen Josef Pichler aus Brixen in Südtirol handelte, der ein Praktikum beim Skulpturen-Restaurator absolvierte, bevor er das Studium an einer Fachhochschule antrat. Mit dem heutigen Tag ging sein Praktikum zu Ende, und er war offensichtlich entschlossen, diesen Abschied gründlich zu feiern.

Rasch hatte er das bayerische Bier über. Er ließ eine Flasche mit rot funkelndem Chianti kommen, grantelte nur kurz über den hohen Preis, trank hastig, mit großen Zügen und war bald mutig genug, seine komödiantischen Fähigkeiten zu zeigen. Er imitierte Wissenschaftler des Museums. Mimik und Sprache konnte er so täuschend ähnlich nachmachen und dabei ein wenig ins Lächerliche übertreiben, dass ihn schallendes Gelächter und laute Bravorufe zu immer neuen Auftritten anfeuerten. Er begann mit Klaus Peter Tillmann. Elegant-schwungvoll fuhr er durch sein kurzes stoppliges Haar, das sich für die amüsierten Zuschauer in die sorgfältig gestylten Haarwellen Klaus Peters verwandelte und seine Stimme raunte Tiefsinnig-Unsinniges über Caspar David Friedrich. August erwischte sich, wie er lauthals loslachte, bekam aber schnell ein schlechtes Gewissen und schwieg betreten.

Dann kam Hauptkonservator Kühlmann an die Reihe. Josef Pichler, genannt Sepp, konnte da sein Stoppelhaar unberührt lassen. Seine Stimme schärfte sich in manirierter Kühle. Daumen und Zeigefinger zeichneten gerade Linien in die Luft und er dozierte, wie erst die selbst gesetzte Form das Leben zur Kunst mache. Bei manchen Sätzen tat sich der Sepp schon schwer mit der kühl gestochenen Aussprache. Der Chianti tat seine Wirkung und ließ ihn über Konsonanten stolpern, wenn sie paarweise zu bewältigen waren. »Wer glaubt«, so wechselte er plötzlich das Thema seiner Kühlmann-Rede, »dass ich Mussolini nachtrauere – das »r« rollte lange, als sei eine Grammophonnadel hängen geblieben –, der irrt sich. Ich habe andere Lieblinge. Der Mussolini kann von mir aus schwarz bleiben.«

Nun kicherte der Sepp, als beginne der Alkohol seinen Verstand zu trüben und ihn aus der Rolle zu werfen.

»Hab' ich ihn nicht schön gepinselt, den größenwahnsinnigen Duce?«, fragte er, immer wieder von Kichern unterbrochen. »Den depperten Skinhead! Aus dem Kitsch des Hochmeier wurde ein Kunstwerk von Josef Pichler!« Der Sepp klopfte sich stolz auf die Brust und lachte jetzt laut und dröhnend.

»Duce-Skinhead, der Neger, von Josef Pichler!«, rief er dreimal lallend, aber doch weithin verständlich.

Die Restauratoren um ihn hatten ihn zunächst schweigend angestarrt. Jetzt versuchte der Papierrestaurator Wurzler, dem eine gewisse Feinnervigkeit nachgesagt wurde, als Erster einzugreifen. »Sepp, spiel' dich nicht so auf!«, rief er. »Du hast zu viel getrunken. Mach jetzt Schluss mit der Schauspielerei!«

Und zu August gewandt: »Glauben Sie ihm kein Wort, Herr Geldern. Der Sepp gibt immer an, wenn er betrunken ist. Und betrunken ist er oft. Er verträgt nicht viel!«

Josef Pichler wollte sich nicht entmündigen lassen. »Du blöder Papierleimer«, rief er empört. »Glaubst du, ich bin so feig wie du? Natürlich hab' ich den Duce angepinselt, den Möchtegern-Caesar, den windigen. Die Südtiroler vertreiben, das hätt' ihm so gepasst, dem glatzköpfigen Römer! Und Herrenvolk spielen in Abessinien! Mach' den Skinhead schwarz und aus ist's mit dem Herrenvolk! Schwarz, weiß, alles austauschbar, nur einen Pinsel braucht man und einen Topf mit Farbe!«

Papierrestaurator Wurzler ließ die Feigheit nicht auf sich sitzen. Er sprang auf, ging auf den Sepp zu, legte die Hände auf seine Schultern und versuchte, ihn auf den Stuhl zu drücken. »Setz' dich endlich hin, Sepp«, zischte er, »und halt 's Maul!«

Der Sepp stieß den Wurzler mit solcher Kraft zurück, dass er auf den Tisch flog und dort allerlei Unheil anrichtete. Pichlers Weinglas zerbrach unter Wurzlers Last, Biergläser kippten um und verbreiteten ein klebriges Nass, in dem der Inhalt eines Aschenbechers schwamm. Die Chiantiflasche rollte über die Tischkante und zersplitterte auf einer Waschbetonplatte.

Der Metall- und der Holzrestaurator halfen Wurzler vom Tisch und drangen gemeinsam auf den Sepp ein, der mit den Fäusten um sich schlug.

In diesem Tumult tauchte Strieling auf. Er war vom Nachbartisch herübergeeilt in einem Tempo, das ihm August gar nicht zugetraut hätte. Der Metall- und der Holzrestaurator ließen sofort von Sepp Pichler ab, als sie Strielings Stimme hörten, die gebieterisch »Aufhören!« rief.

Dann fasste Strieling den Sepp an seinem blau-weiß karierten Hemd und zog ihn zu sich her. »Jetzt gibst a Ruh, Sepp!«, sagte er wieder sehr energisch. »Zahl deine Zeche und die kaputten Gläser und dann gehts ab zum Bus! Und wenn du noch mal Ärger machst, dann kannst du dir morgen dein Praktikumszeugnis bei mir holen, mit dem darfst du dich in keiner Fachhochschule sehen lassen. Hast du mich verstanden?«

Josef Pichler gab einen Raunzer von sich, den man als Zustimmung auffassen konnte. Dann trottete er stumm ins Haus, um seine Rechnung zu begleichen.

Im Bus saß August wieder neben Strieling. »Glauben Sie, was der Pichler im Suff gesagt hat?«, fragte er ihn.

»Ja«, sagte Strieling.

»Und was machen Sie jetzt?«, fragte August weiter.

»Nichts«, gab Strieling einsilbig zurück.

»Aber Pichlers Bekenntnis haben doch viele mitgehört. Wenn sie fragen, warum Sie nicht Anzeige erstatten?«

»Dann werde ich sagen, dass ich den Sepp für einen kleinen Angeber halte, dem ich kein Wort glaube, zumal er total betrunken war.« Strieling grinste genießerisch bei diesen Worten, als sei er stolz auf sich selbst.

»Und was geschieht mit der Mussolini-Büste?«, bohrte August weiter.

»Die bleibt, wo sie ist, im Tresor des Chefrestaurators.«

»Weiß oder schwarz?«, lautete Augusts letzte Frage.

»Schwarz natürlich«, gab Strieling zurück. »Das sind wir Josef Pichlers Kunstwerk schuldig.«

Dann lehnte sich Strieling zurück und schlief fest bis zur Ankunft vor dem Museum.

Unter Frauen

Je mehr sich die Männer stritten, je näher kamen sich die Frauen. Der kleine David bot genügend Anlass, sich zu treffen. Manchmal spielte er Mutter und Tochter gegeneinander aus, indem er – scheinbar willkürlich – einmal die Arme nach der Oma, das andere Mal nach der Mama ausstreckte, von der einen das Essen annahm, das er von der anderen zurückgewiesen hatte. Das weckte Eifersucht. Aber nur für kurze Zeit. Meist waren die Frauen sich einig, dass sie das Kind in gleichem Maße verstanden, obwohl es noch nicht reden konnte. Sie lasen aus seinem Gesicht, aus seinen Gesten, was in ihm vorging. Männer, sagten sie, können das bei weitem nicht so gut, jedenfalls ihre Männer.

Wenn David mittags schlief, saßen Elisabeth Luise und Klara bei einer Tasse Kaffee und plauderten.

Über Alltägliches näherten sie sich ihren Empfindungen, dem, was sie umtrieb. Was denn aus ihren guten Vorsätzen geworden sei, ein selbstständiges Leben zu führen neben ihrem Pensionisten, ein Leben nach ihren Vorstellungen, fragte Klara ihre Mutter. Sie sehe wenig. Einmal die Woche gehe sie in die Uni, in eine kunsthistorische Vorlesung. Wahrscheinlich, weil Papa mit seinem Museumsjob jetzt auch kunstgeschichtlich angehaucht sei. Hin und wieder ein Geheimtreffen mit Herrn Wohlleb. Immerhin, ohne Papas Genehmigung einzuholen. Aber das scheine auch immer seltener zu werden. Und sonst: Enkelkind, Küche, Waschmaschine, Bügelbrett, Garten, wie gehabt! »Wann fängst du endlich dein eigenes Leben an?«

Elisabeth Luise musste mit der Frage schon lange gerechnet haben. Sie hatte sich Antworten zurechtgelegt. »Was heißt denn eigenes Leben?«, sagte sie. »Dem Leben nahe sein, so, dass man es spürt, das ist doch wohl entscheidend. Auf den Ort kommt es nicht an. Kinderkram in der Schulstube oder daheim, Labor oder Küche, Computer oder Bügelbrett, gehupft wie gesprungen!

Was die Nähe zum Leben anlangt, Klara, sind wir Frauen, glaube ich, allemal im Vorteil. Ich mache da meine Beobachtungen, seitdem Papa viel zu Hause ist. Wie er David anfasst, die Pflanzen im Garten, das Geschirr, eine Vase, ein Buch, es bleibt immer etwas Fremdes in seiner Hand. Bis zu seiner Fingerspitze, das ist er, und dann beginnt etwas anderes. Subjekt – Objekt, die Grenzen bleiben geschlossen. Bei uns Frauen, Klara, ist das ganz anders. Da fließt es hinüber und herüber. Oder ziehst du immer Grenzen zwischen dir und deinem Kind? Und bist du nicht oft Teil von etwas, was um dich geschieht, mitten im Leid oder in der Freude eines anderen, mitten in einem Naturgeschehen, einem künstlerischen Prozess, einer Melodie?

Das wird mir wieder bewusster, jetzt im Alter, wo mehr Ruhe ins Leben kommt. Und es scheint mir wichtiger als das, was du mein eigenes Leben nennst.«

Klara sah ihre Mutter etwas verwundert an. Sie war so leicht schwärmerische Anwandlungen von ihr nicht gewöhnt.

»Ja nun«, sagte sie etwas spöttisch, »du hast da so deine Mythologie aufgebaut, und ich will die keineswegs zerstören. Entmythologisierung ist ja nicht mehr modern. Aber meiner Frage bist du mit deiner Theorie von den geschlechtsspezifischen Unterschieden in den Fingerspitzen elegant ausgewichen. Es ging mir beim eigenen Leben um die Frage der Selbstbestimmung im Gegensatz zur Fremdbestimmung durch den Mann und nicht um frauenspezifische Träume, die der Mann schlecht unterbinden kann.«

Elisabeth Luise lächelte nachsichtig. »Der Kampf der Geschlechter. Wer beherrscht wen? Ein abendfüllendes Thema! Ich will dazu keine Theorien spinnen, sondern nur etwas Praktisches sagen. Meine Generation hat diesen Kampf nicht offen ausgetragen. Das ging gar nicht. Da standen Gesetz, Brauchtum und öffentliche Meinung dagegen. Wir waren auf Diplomatie, geschicktes Fädenknüpfen, auf Überredung und Verführung angewiesen. Das aber haben wir ganz gewiss besser beherrscht als deine Generation, liebe Klara. Wie oft ich deinen Vater von vorgefassten Meinungen abgebracht habe, ist gar nicht zu zählen. Und noch immer tu ich es, wenn es um dein Wohl und das deines geliebten Klaus Peter geht. Längst hab' ich ihn so weit, dass es ihm schrecklich Leid tut, Klaus Peter neulich beleidigt und dieser Mussolini-Schmiererei verdächtigt zu haben. Tätige Reue habe ich auch schon angestiftet. Da ist etwas im Busch. Die Reue wird eurer Autokasse zugute kommen. So wie ich deinen Vater kenne, brütet er nur noch über einer Inszenierung, die ihm einen kleinen Triumph in der Niederlage sichert. So sind die Männer! Immer müssen sie ihr Selbstbewusstsein durch eine kleine Rechthaberei stützen. Vielleicht hast du es ja leichter mit deinem Klaus Peter, ein halber Künstler sozusagen. Darum finden ihn die Frauen so sympathisch. Ich auch, wie du weißt. Und vielleicht hat dein Vater deshalb seine Schwierigkeiten mit ihm.«

Da unterbrach Elisabeth Luise ihren Monolog. Klara sah, dass ihre Mutter leicht verschleierte Augen hatte, als blicke sie nach innen. Nur nicht stören, dachte sie. Vielleicht lässt die Mama noch etwas raus aus ihrer sonst verschlossenen Gefühlskammer.

Und in der Tat, nach einigen Minuten Stille lächelte sie etwas verlegen und sagte: »Wenn ich ehrlich bin, so als Mann mag ich eigentlich schon den klaren Gegensatz, ein wenig Härte und Dickköpfigkeit, die Grenzen setzt, na ja, eben so ...« Da brach sie ab, und Klara hätte sich schwer getan, etwas dazu zu bemerken. Aber ihr Sohn David erlöste sie aus solcher Verlegenheit, indem er stimmgewaltig forderte, das Bett verlassen zu dürfen. Sie brachte ihn auf dem Arm ins Wohnzimmer und registrierte mit Genugtuung, dass er diesmal nicht die Arme nach der Oma ausstreckte, sondern sich liebkosend an sie schmiegte. Zur Belohnung durfte er nebenan in Klaus Peters Arbeitszimmer eindringen, ein geheimnisvolles Land, das der Vater streng vor ihm verborgen hielt. Zweimal blickte sich David an der geöffneten Tür nach den beiden Frauen um, ob sie denn wirklich nicht eingreifen würden. Dabei wechselte sein fragender Blick mit einem schelmischen Lächeln, das eventuell noch vorhandene Widerstände brechen sollte. Dann marschierte er über die Schwelle, näherte sich zielsicher einer Stereoanlage und versuchte sich an sämtlichen Knöpfen, bis aus den Lautsprechern der Radetzky-Marsch schmetterte und ihn so erschreckte, dass er Hilfe suchend aufheulte. Klara tröstete ihn. Sie lenkte ihn zu den Büchern, die stumm und gewichtig in den Regalen standen. David zurrte aus Leibeskräften an den dicksten Folianten, in denen die Kunst über Jahrhunderte gespeichert war. Er war sehr stolz, als es ihm gelungen war, fünf Stück davon ins Wohnzimmer zu schleppen, wo er glaubte, seine Beute in Sicherheit gebracht zu haben.

Der Zeit des Papierreißens war er schon entwachsen. Nein, er öffnete die Buchdeckel sorgfältig und wendete Seite um Seite. Mit den Fingern deutete er auf gotische Madonnen oder auf eine blaue Badende von Schmidt-Rottluff und bezeichnete beides als Bababeia.

»Ich glaub', der wird auch einmal ein Bücherfreund und kein Tatmensch«, sagte Elisabeth Luise und lachte.

»Hoffentlich!«, bemerkte Klara und ihre Stimme klang etwas trotzig.

Das schwarze Geschenk

Generaldirektor Schönmann wippte in seinem breiten Ledersessel hinter dem riesigen, ovalen Schreibtisch und blickte zufrieden auf seinen Terminkalender. Er war fast leer heute. Nur August Geldern wollte um zehn Uhr kommen. Da blieben noch fünf Minuten. Was er wohl wollte, dieser Geldern? Seine Ratschläge hatte er gegeben. Strieling allerdings hatte nicht allzu viel umgesetzt davon. Schönmann wollte ihn nicht drängen. Was lief, ohne Krach zu machen, sollte man laufen lassen, dachte er. Es war ohnehin viel zu viel Unruhe in der Welt. Nicht einmal die alten Leute wollten Ruhe geben, obwohl man sie doch mit Brief und Siegel in den Ruhestand versetzte.

Vielleicht, kam es Schönmann in den Sinn, konnte er Geldern vorsichtig nahe legen, die Ruhe jetzt uneingeschränkt zu genießen. Mit viel Lob und Dank für die geleistete Arbeit und nach Fühlungnahme mit den Eheleuten Goldhals, versteht sich. Die Goldhälse hatten Geldern schließlich protegiert. Ob jetzt noch … das war die Frage. Da musste er vorfühlen.

So wie August Geldern hereinmarschierte, wirkte er nicht ruhebedürftig. Irgendetwas beflügelte ihn heute. Er lächelte verschmitzt, als er Schönmann die Hand schüttelte.

Sie saßen sich am Besuchertisch gegenüber. Ledersofa gegen Ledersessel. Die Sekretärin durfte Kaffee bringen.

Die übliche Einleitung: das Wohlbefinden, der Urlaub, der Enkel. Dann kam Geldern zur Sache. Ob es eigentlich völlig ausgeschlossen sei, dass das Museum etwas aus seinen Depotbeständen verkaufe? Schönmann schaute gequält. Immer dieselbe dumme Frage, dachte er, typisch für Politiker, Journalisten und Wirtschaftsbosse.

»Wir sind ein Museum, Herr Geldern«, sagte er, »keine Kunsthandlung. Wir sammeln und bewahren. Wir verkaufen nicht.«

Schönmann hob bei diesen Worten die Augenbrauen und näselte leicht. Geldern lächelte, wobei das Lächeln langsam in ein Grinsen überging.

»Man kann sich doch irren«, sagte er. »Vielleicht hat man etwas Falsches gekauft, etwas künstlerisch Wertloses, Uninteressantes. Vielleicht hat man Tand geschenkt bekommen. Warum sollte man ihn nicht losschlagen und etwas Besseres dafür erwerben?«
Schönmann zog die Augenbrauen noch höher.
»Was ist künstlerisch wertvoll?« Er sprach die Worte langsam und bedeutungsschwer, blickte Geldern fragend an und schwieg mehrere Minuten.
»In den 50er Jahren war Jugendstil Kitsch, heute ist er ›in‹. Werturteile wandeln sich. Es gibt keine Kunstwissenschaft! Es gibt nur Kunstgeschichte! Der Historiker wertet nicht. Der Historiker registriert und ordnet.
Er unterscheidet kulturgeschichtliche Strömungen und Stile und teilt ihnen seine Objekte zu. Das Typische ist da wertvoll, auch wenn es nicht genial gemalt ist. Dabei geht es nicht nur um Stil, es geht auch um Inhalte. Welche Mütze trägt der Bäcker auf dem Bild des 15. Jahrhunderts? Ein kulturhistorisches Phänomen, zweifellos. Ob die Mütze gut gemalt ist, bleibt unter diesem Gesichtswinkel nachrangig. Sie sehen, Herr Geldern, wertlos ist für uns kein Objekt!«
August Geldern hörte nicht auf zu grinsen. »Ich will aber keine Bäckermütze von Ihnen«, sagte er plötzlich in apodiktischer Strenge, »ich will den Mussolini!«
Schönmann ließ seine Augenbrauen jäh sinken. Er starrte Geldern an, als könnte er dessen Worte in kein System bringen.
»Habe ich recht gehört?«, sagte er nach längerer Pause. »Sie wollen die Mussolini-Büste von Hochmeier käuflich erwerben?«
»Genauso ist es!« Gelderns Grinsen hatte jetzt etwas Herausforderndes. Schönmann blieb sachlich.
»Schwarz oder weiß gereinigt?«, fragte er.
»Schwarz natürlich, das macht ja den Reiz aus.«
Schönmanns Blick wurde jetzt misstrauisch. »Was haben Sie vor, Herr Geldern? Was steckt dahinter?«, wollte er wissen. »Man kauft doch keine verschmierte Büste ohne künstlerischen Wert.«
»Ich sammle Kuriositäten, Herr Schönmann. Kuriositäten aller Art. Sie wollen doch nicht bestreiten, dass ein geschwärzter

Mussolini eine Kuriosität ist?« Schönmann blickte immer noch misstrauisch.

»Ich nehme Ihnen das nicht ab, Ihre Kuriositätensammlung, Herr Geldern. Sie führen irgendetwas im Schilde. Aber lassen wir Ihre Motive einmal außer Betracht. Gehen wir systematisch vor. Historisch interessant an dieser Büste ist allein die Tatsache, dass ein Museum von Rang sie erworben hat, obwohl es sich um eine schwache, eine sehr schwache Arbeit handelt. Das Phänomen ist zeittypisch für das kulturelle Leben in der Nazizeit und insofern wert, festgehalten zu werden. Dazu genügen allerdings die Dokumente, der Erwerbsbericht, die Karteikarte. Die physische Gegenwart der Büste erscheint demgegenüber entbehrlich. Dann das Formale. Nach einer Ministerialentschließung bedarf jede Veräußerung von Sammlungsobjekten der Zustimmung des Ministeriums, es sei denn, es handelt sich um ein Objekt von geringem Wert. Den geringen Wert hat das Ministerium mit höchstens 1000 Euro festgelegt. Und jetzt kommt das Schwierige, Herr Geldern. Ich muss den geringen Wert durch ein auswärtiges Gutachten belegen. Wie aber, Herr Geldern, soll ich den geschwärzten Mussolini begutachten lassen, ohne dass die ganze Geschichte ruchbar wird, an die Öffentlichkeit dringt?«

Schönmann hielt eine Weile inne und sinnierte vor sich hin. Geldern hatte den Eindruck, es sei das Beste, ihn jetzt nicht beim Denken zu stören. Schönmann, so meinte er zu spüren, dachte in die richtige Richtung.

Nach einer Weile hob Schönmann den Kopf ruckartig, als habe er einen kühnen Entschluss gefasst.

»Reden wir offen miteinander, Herr Geldern«, sagte er dann. »Dass der Mussolini aus dem Museum verschwindet, ist mir nicht unsympathisch. Am liebsten würde ich Ihnen den Hindenburg noch dazu verkaufen. Und was das Gutachten anlangt, wird der Strieling schon einen Weg finden. Er schätzt Sie ja ungemein, und wenn er jemand mag, entwickelt er sogar Fantasie, um Paragraphenhürden zu nehmen. Das Entscheidende ist, Herr Geldern, ich muss sicher sein, dass Sie mit der Büste nichts anstellen. Ich meine, dass Sie damit nicht an die Öffentlichkeit gehen, die Story von der Schwärzung nicht verbreiten.«

August Geldern hörte endlich auf zu grinsen. Er sah Schönmann mit dem strengen Ernst eines Bankdirektors in die Augen. »Sie haben mein Ehrenwort, Herr Schönmann, der Mussolini bleibt in der Familie und über seine Geschichte im Museum wird kein Wort nach außen dringen. Da können Sie sich auf mich verlassen.«

»Nun, das Weitere hören Sie dann von Strieling«, sagte Schönmann darauf und er schüttelte Geldern lange und nachdrücklich die Hand, als hätte er Grund, ihm dankbar zu sein.

Der Lieferwagen des Museums brachte das große Paket gegen Mittag. Klara Geldern-Tillmann wagte nicht, es aufzumachen. Der Fahrer konnte ihr nicht sagen, was es enthielt. So wartete sie, bis am Abend ihr Mann kam.

Auch Klaus Peter war ratlos. Niemand hatte ihm eine Lieferung des Museums angekündigt und das Unangemeldete erschien ihm unheimlich. Klara und David standen neugierig neben ihm. Aber er meinte, sie sollten lieber ins Zimmer gehen. Vielleicht habe sich jemand einen dummen Scherz erlaubt und Scherze könnten gefährlich sein. Er mache das Paket hier im Gang lieber vorsichtig alleine auf. Er ging mit Messer und Zange zu Werk und stieß in einen Haufen aus Styropor-Kugeln, die er erst herausschaufeln musste, ehe ihm schwarz bemalter Stein ölig entgegenschimmerte.

»Der Mussolini!«, rief er halblaut, obwohl seine Frau ihn im Zimmer nicht hören konnte. Er war jetzt doppelt vorsichtig. Eine Bosheit musste dahinter stecken, vielleicht von Kühlmann! Er durfte in keine Falle tappen. Seine Finger tasteten sich an der schwarzen Glatze entlang. Er war erleichtert, als er glattes Papier fühlte: ein Couvert, eine Botschaft!

Lieber Klaus Peter, las er. *Es ist an der Zeit, mich bei dir zu entschuldigen. Ich habe dich verdächtigt, den Mussolini angemalt zu haben. Welche Dummheit von mir! Schließlich bist du kein Maler, sondern ein Kunsthistoriker.*

Den Mussolini hat einer geschwärzt, der ihn hasst, weil er ein

Rassist und ein militanter Nationalist war und die Südtiroler an Hitler verschachern wollte. Dem hat er sinnlich wahrnehmbaren Ausdruck verliehen, sicherlich eine künstlerische und keine kunsthistorische Tat!

Ich habe den Mussolini vom Museum gekauft. Schönmann war sehr froh, ihn los zu sein, und Strieling hat einen auswärtigen Kollegen von dir gefunden, der die Geringwertigkeit der Büste bescheinigte auf Grund eines Fotos, das Mussolini noch ungeschwärzt zeigte.

Ich schenke dir die Büste zur Erinnerung und zur kunsthistorischen Einordnung im Rahmen deiner Privatsammlung.

Was das Darlehen für deinen Autokauf anlangt, so möchte ich meine Zusage revidieren. 10 000 Euro gebe ich dir als Zuschuss und die restlichen 10 000 Euro als zinsloses Darlehen, rückzahlbar in monatlichen Raten von 100 Euro. Schließlich sollen Klara, David und du nicht Hunger leiden.

Mit den besten Grüßen
Dein August

Klaus Peter brachte den Brief Klara, die hinter der Türe mit Spannung wartete. »Lies!«, sagte er. »Ich glaube, dein Vater hasst mich!«

Ordensverleihung

Der Antrag stammte von Schönmann. Aber Goldhals hatte die Drähte zur Staatskanzlei gezogen. Er brachte Geldern im Landeskontingent unter.
August Geldern war völlig überrascht, als der Brief aus dem Landesministerium kam. Er wirkte unansehnlich, auf grauem Ökopapier geschrieben. August vermutete behördlichen Trübsinn. Vielleicht verstoße ich gegen irgendeine Anordnung, dachte er.
Aber er las, dass der Bundespräsident ihm wegen seiner Verdienste um das Museumswesen das Bundesverdienstkreuz am Bande verliehen habe. Verdienste, dachte August, was er da wohl meint, der Herr Bundespräsident? Vorgeschlagen hab' ich ja einiges. Aber der Strieling, der brütet noch auf den meisten Vorschlägen. Sei's drum. Man soll den Bundespräsidenten nicht kritisieren, wenn er Gutes tut.
Der Minister wolle ihm den Orden aushändigen, las August weiter. Am 23. September um 11 Uhr. Er dürfe seine Ehefrau mitbringen oder eine andere Person seines Vertrauens.
Elisabeth Luise wollte zuerst nicht. Sie war noch verärgert wegen der Mussolini-Aktion. Wenn man eine Entschuldigung mit einer Beleidigung verbinde, sei dies keine Entschuldigung, hatte sie zu August gesagt. Immer müsse er auf seinem Schwiegersohn herumhacken, aus purer Eifersucht, weil er ihm seine Tochter nicht gönne. Dabei sei Klara glücklich mit ihrem Klaus Peter. Das wisse und spüre sie, und er solle endlich dieses Glück akzeptieren und sich darüber freuen, statt neidisch daran zu kratzen! August hatte die Eifersucht und den Neid weit von sich gewiesen, aber dann versöhnlich gemeint, er werde sich schon noch an seinen Schwiegersohn gewöhnen. Der sei eben mehr ein Typ für die Damen. Über eine solche Ausstrahlung verfüge er nicht. Er würde sich aber trotzdem sehr freuen, wenn sie mit ihm zum Minister ginge. Eine andere Person seines Vertrauens gebe es auf dieser Welt nicht.
Vielleicht war es diese Bemerkung, die Elisabeth Luise um-

stimmte, vielleicht auch nur die Neugierde. Jedenfalls zog sie ihr dunkelblaues Kostüm an, legte eine Perlenkette um den Hals und trat an der Seite ihres gleichfalls dunkelblau gekleideten Mannes vor die Pforte des Ministeriums, wo man die Einladung auf grauem Ökopapier sehen wollte, ehe man das festliche Paar hinanschreiten ließ zum Ministertrakt im ersten Stock.

Vor dem Ministerzimmer saß schon ein Paar. Er, beleibt und bejahrt, glatz- und rundköpfig im grau-grünen Trachtenanzug. Sie, jugendlich, blond, dauergewellt im Trachtenkostüm. Sicher keine Ordensverleihung, dachte August. Im Vorzimmer des Ministers sagte ihm die Sekretärin, dass er leider noch etwas warten müsse. Es habe heute Terminverschiebungen gegeben.

Vor ihm sei noch ein Bundesverdienstkreuz, ein Herr Grasbichler. Er möge doch bitte so lange vor der Türe Platz nehmen.

August und Elisabeth Luise setzten sich zu den Trachtenleuten. Man machte sich bekannt.

»Nett, Herr Grasbichler«, sagte Elisabeth Luise, »dass Sie ihre Tochter mitgebracht haben zur Ordensverleihung.«

Das sei nicht seine Tochter, berichtigte Herr Grasbichler. Das sei seine Ehefrau. Frau Grasbichler lachte herzhaft dazu, mit Grübchen und freigelegten großen Zähnen.

Elisabeth Luise stammelte verlegen, sie bitte um Entschuldigung. Aber Frau Grasbichler wiegelte ab. Tochter sei auch keine Schande, meinte sie.

August setzte bei einem neuen Thema an. Was denn bei ihm der Anlass zur Ordensverleihung sei, wagte er Herrn Grasbichler zu fragen.

Zehn Jahre Vorsitzender des Landesverbands der Trachtenvereine, sagte Grasbichler. Da gehöre das automatisch dazu. Er nehme es nicht tragisch, ganz und gar nicht tragisch, »des Kreuzerl«.

Geldner kenne ja sicher den Witz von der Fahndung nach dem Sittenstrolch.

Als Geldner verneinte, erzählte er umständlich, unterbrach sich auch immer wieder selbst mit Gelächter. Kurz gesagt ging es um Folgendes: Eine Dame erstattete auf dem Polizeirevier Anzeige, sie sei von einem Mann unsittlich belästigt worden. Der Polizist fragte nach signifikanten Merkmalen des Täters. Die Dame wusste keine zu nennen. Da kam dem Polizisten die Erleuchtung. Trug der Strolch das Bundesverdienstkreuz am Bande?, wollte er wissen. Die Dame verneinte. Dann werden wir ihn gleich haben, sagte der Polizist.

Grasbichler lachte dröhnend nach dieser Pointe. Auch seine junge Frau stimmte ein, während sich August und Luise befremdet ansahen.

»Immer anstecken müssen S' die Nadel mit dem Banderl«, rief Grasbichler schließlich prustend, »dann bleiben S' anonym, Herr Geldern!«

Die Sekretärin öffnete jetzt die Tür und bat die Eheleute Grasbichler zum Minister.

»Schreckliche Leute!«, sagte Elisabeth Luise. »Ich habe nicht den Eindruck, August, dass du auf dieser Ordensstufe richtig angesiedelt bist. Ich jedenfalls sollte der Sache lieber fernbleiben.«

August beschwichtigte. Die demokratische Gesellschaft habe viele Facetten. Was dem einen sein Museum, sei dem andern sein Trachtenverein. Das eine sei so wichtig wie das andere, wenn's um Stimmen geht. »Wir brauchen keine Stimmen, Elisabeth Luise. Da können wir leicht elitär sein!«

Elisabeth Luise ging doch mit ins Allerheiligste. Die Sekretärin trug vorher die Sektgläser heraus, aus denen Grasbichlers getrunken hatten. Hoffentlich bekommen wir neue, dachte Elisabeth Luise. Sauber spülen können die doch im Vorzimmer nicht.

Der Minister nahm ihre Hand, beugte sich darüber und deutete einen Handkuss an.

Was der Minister dann vorlas, klang bedeutend. Die vielen Erfahrungen einer großen Karriere im Bankwesen habe August übertragen auf das Museumswesen, so, dass das eine Wesen das andere befruchtete. Wirtschaftliche Denkweise, das Leistungsprinzip und Kostenbewusstsein hätten Einzug gehalten im Museum. Das alles verdanken wir dem Wirken August Gelderns, der seine Ruhe im Ruhestand dem Wohl der Allgemeinheit geopfert habe.

Wer ihm das aufgeschrieben hat, dachte August. Schönmann oder Strieling? Strieling wäre dafür doch zu nüchtern. Schönmann fällt das Schwadronieren leichter.

Die Sekretärin gab dem Minister jetzt das aufgeklappte blaue Kästchen mit dem Bundesadler auf dem Deckel, hergestellt von Steinhauer und Luck in Lüdenscheid. Er entnahm ihm die Ordensminiatur, und als er sie an Augusts linkes Revers heftete, war auch ein Fotograf zur Stelle, dessen Blitzlicht die Bedeutung des Moments sinnfällig erhellte. Zu einer zweiten Aufnahme, bei der August das aufgeklappte Ordenskästchen vor seinen Bauch hielt, durfte auch Elisabeth Luise hinzutreten, so dass der Minister und sie den Ordensträger einrahmten. August betrachtete dieses Foto später mit Rührung, denn er glaubte eindeutig darauf zu erkennen, dass Elisabeth Luise bewundernd zu ihm aufblickte, ein Vorgang, den er in seinem fortgeschrittenen Alter nur noch selten erlebte.

Die Sekretärin wollte jetzt ihre Sektgläser loswerden, die sie schon geraume Zeit auf dem Silbertablett hielt. Zum Wohl der Eheleute Geldern hob der Minister sein Glas. Elisabeth Luise nippte nur.

Viel Rühmenswertes habe er über das Landesmuseum gehört, sagte der Minister. Besonders tüchtig solle ein Oberkonservator Kühlmann sein, der die Skulpturensammlung betreut. »Ich habe seine Gotik-Ausstellung gesehen und war tief beeindruckt, eine hervorragende Leistung! Übrigens ein Schwiegersohn von Landtagspräsident Schnabelweiß. Dies nur nebenbei bemerkt.«

Elisabeth Luise trat August vorsichtig auf den linken Fuß. »Klaus Peter«, flüsterte sie.

August räusperte sich. Dann sagte er mit etwas gepresster, ja gequälter Stimme: »Mein Schwiegersohn ist auch im Landesmuseum tätig, Herr Minister. Tillmann, Klaus Peter Tillmann! Er leitet die Gemäldesammlung 19. Jahrhundert. Schon lange hat er eine große Romantikausstellung geplant. Aber im Rahmen des beschränkten Ausstellungsetats ist er leider bisher noch nicht zum Zug gekommen.« August schielte seitlich zu Elisabeth Luise, die bei seinen Worten eifrig nickte und mit ihm zufrieden schien.

»Interessant«, sagte der Minister. »Sehr interessant. In der Romantik haben wir ja großartige Bestände. Caspar David Friedrich, Runge, Blechen, Rottmann, um nur einige Namen zu nennen. Da hat Ihr Schwiegersohn ein herrliches Betätigungsfeld. Tillmann, sagten Sie. Klaus Tillmann.«

»Klaus Peter Tillmann«, ergänzte August.

»Ich werde Schönmann auf Ihren Schwiegersohn ansprechen, Herr Geldern!« Bei diesen Worten bewegte sich der Minister langsam, aber stetig in Richtung auf die Türe zum Vorzimmer, während die Sekretärin mit dem Silbertablett die Sektgläser einsammelte.

Kurz vor der Türe hielt der Minister an. »Es hat mich sehr gefreut, gnädige Frau, sehr gefreut«, sagte er zu Elisabeth Luise, »und passen Sie gut auf unseren hoch dekorierten Pensionär auf, damit wir noch lange auf seinen wertvollen Rat zurückgreifen können.«

Dann beugte er seine große Nase wieder über ihre Hand. Bei August begnügte er sich damit, ihm alles Gute zu wünschen. August drehte sich um und ging zügig in das Vorzimmer, während sich Elisabeth Luise darauf besann, dass man dem Minister doch wohl nicht die Kehrseite zuwenden könne. Sie ging rückwärts über die Schwelle, stolperte dabei, da sie im Krebsgang nicht geübt war, und ließ es sich dankbar gefallen, dass ihr Mann sie auffing und am Arm hinausgeleitete auf den Gang, in dem schon wieder ein Ehepaar darauf wartete, vom Minister dekoriert zu werden.

Memento mori

Das haben sie alles inszeniert, damit ich nicht merke, dass sie mich rausschmeißen, dachte August. Den Orden und jetzt das Abschiedsessen im Museum. Niemand spricht von Vertragsverlängerung, als gäbe es die Möglichkeit gar nicht.
    Am Ende des Jahres verlassen Sie uns ja leider. Wie schade! Wie schnell die Zeit vergeht. Wie lange waren Sie bei uns? Drei Jahre! Nicht möglich!

Den Schreibtisch ließ August schon Anfang Dezember aus dem Museum in sein Haus schaffen. Strieling leistete zunächst Widerstand. Das war ein Geschenk der Bank an das Museum zur Verbesserung der Büroausstattung, meinte er.
    August musste Herrn Goldhals um eine Interpretation des Schenkerwillens bitten. Dann war der Schreibtisch sein Schreibtisch, auf den er sich stützen konnte, solange er lebte. Wie aber den Ausblick auf die Enten erhalten? Der Widerstand von Schönmann und Strieling hielt sich in Grenzen.
    Mit Enten konnte August keinen Unfug treiben. Und Augusts Angebot, 1000 Euro pro Bild, war angemessen. Aber Elisabeth Luise sträubte sich entschieden. Sie wollte die Vögel, von denen sie alpdrückend geträumt hatte, nicht im Haus. August musste sich schließlich mit seinem neuen Arbeitszimmer unters Dach zurückziehen. Die Enten hingen dort an schräger Wand, die wie ein halb zugeklappter Deckel auf August lastete, wenn er von seinem Schreibtisch aufblickte.

August hätte das Abschiedsessen am liebsten im Skulpturendepot gehabt. Aber Strieling meinte, diesen Wunsch würde außer ihm niemand verstehen. Auch sei der Weg von der Kantine zum Depot für die Bedienungen viel zu weit.
    Er schlage die Rüstkammer vor. Nahe der Küche gelegen, sei sie nicht weniger statuarisch als das Depot. Ein altes Gewölbe, in dem viele Ritterrüstungen Wache hielten, aufrecht stehend,

obwohl sich die Ritter längst verflüchtigt hatten. An den Wänden Schwerter, Spieße, Armbrüste, Standarten und Hellebarden.
Strieling hatte einen riesigen runden Eichentisch in die Mitte stellen lassen, altdeutsch wie die klobigen Stühle, die ihn umgaben. Der Kreis der Eingeladenen war klein, aber erlesen. Alle mit Ehefrauen. Das gab eine persönliche Note. Schönmann, Goldhals, Strieling, Tillmann und die Gelderns. Das Menü war dreigängig. Leberspätzlesuppe, glacierter Spanferkelrücken mit Biersauce, gedämpftem Kohlgemüse und Landkartoffeln, zum Abschluss: Apfelkücherl mit Vanillesauce. Üppig genug, meinte Strieling, zumal Goldhals, um eine Bankspende angegangen, abgelehnt hatte, weil Museumsessen steuerlich nicht absetzbar seien.

August durfte neben Frau Goldhals sitzen. Eigentlich hätte die lieber Klaus Peter als Tischherrn gehabt.
Aber sie fügte sich in das protokollarisch Notwendige und begnügte sich mit Klaus Peter zur Rechten. Sie wusste, dass es ihr gelingen würde, seinen Redestrom nach links abzuleiten, denn Klaus Peters Tischdame, Frau Cäcilie Strieling, konnte an gebildeter Beredsamkeit nicht mit ihr konkurrieren.
August beobachtete Frau Strieling mit Interesse. Ihr Gesicht, beherrscht von einer langen geraden Nase und der wächsernen Blässe ihrer Haut, auf der nie auch nur der kleinste Schimmer wärmender Röte aufschien, glich einer Marmorbüste. Und da sie nur selten, wenn es ihr unausweichlich schien, ein Wort von sich gab, hätte man sie sich gut als eine der Skulpturen in Strielings Lieblingsdepot vorstellen können.
Gleich nach der Leberspätzlesuppe erhob sich Schönmann. Er wiederholte fast genau die Worte, die der Minister zur Verleihung des Bundesverdienstkreuzes gesprochen hatte.
Offenbar denkt er, das gehe in einem Aufwasch, dieser fantasielose Mensch, ergrimmte sich August. Und als er zu seiner Frau hinüber sah, ergrimmte er erneut. Elisabeth Luise saß neben Schönmann. Sie sah zu ihm auf und aus ihren Augen sprachen Stolz und Dankbarkeit.
»Mir ist das alles peinlich«, sagte August zu Frau Goldhals

nach dem Schlussbeifall. »Ich hinterlasse in diesem Haus keine tiefen Spuren. Allenfalls ein paar Kratzer.«

»Seien Sie nicht so bescheiden und glauben Sie unserem Freund Schönmann«, erwiderte Frau Goldhals etwas zerstreut, denn sie wollte nichts versäumen von dem, was Klaus Peter zu ihrer Rechten dozierte. Als sie mitbekam, dass er mit Emphase über den »Bau der Teufelsbrücke« von Karl Blechen sprach, zeigte sie August hemmungslos ihren Hinterkopf, auf dem er die helle Kopfhaut durch dünner werdendes Haar schimmern sah.

So blieb ihm nur Frau Schönmann auf der linken Seite. Sie war über das Thema Kinder zu erschließen. Der Sohn studiert Informatik, sagte sie, die Tochter Kunstgeschichte. »Was wollen Sie mehr?«, meinte August. »Die ideale Rollenverteilung! Der Mann gießt die Informationsflut über die verwirrten Köpfe. Die Frau wärmt am heimischen Herd das Gemüt ein wenig mit Kultur. Man kann nicht früh genug damit anfangen. Meine Frau geht schon mit unserem zweieinhalbjährigen Enkel David in Kunstausstellungen. Er hat da so seine Vorlieben. Neulich stand er zehn Minuten wie angewurzelt vor dem bunten Eierbild von Andy Warhol. Gejuchzt hat er vor Farbenfreude. Kinder und Amerikaner, das harmoniert.«

Inzwischen war die Gesellschaft längst beim Spanferkelrücken mit Biersauce. Danach, dachte August, werde ich wohl etwas sagen müssen. Dank an Herrn Schönmann und an das Museum für späten Lebensgewinn.

Aber als er sich anschickte aufzustehen, kam ihm Klaus Peter zuvor.

Die Damen konnten Laute freudiger Erwartung nicht unterdrücken: »Ah!« Oder: »Hört!« Oder nur: »Tillmann!« Nur Frau Strieling blieb stumm und verzog keine Miene. So wie sie hier um den runden Tisch versammelt seien, bildeten sie eine große Museumsfamilie, sagte Klaus Peter. Und seinen Schwiegervater inmitten dieser Familie zu sehen, als ein wichtiges, eng verwobenes Mitglied, das erfülle ihn mit großer Freude, denn das habe er sich immer gewünscht. Skeptisch sei August Geldern ursprünglich gewesen gegenüber dieser Institution und deren Insassen, die er für unmodern, unproduktiv und unrealistisch gehalten habe. Aber heute, dessen sei er sich sicher, liebe er diese Familie. Ja, er habe die Schatzkammern dieses Hauses als Ort der Dauer, des Zeitlosen schätzen gelernt. Selbst in die tiefen Schächte der Depots sei er vorgedrungen, habe ihnen Schwarzes entrissen und in das helle Licht seines Humors gestellt.

Hier blickten einige ratlos in die Runde, während Schönmann und Strieling verständnisinnig lächelten.

Er glaube, fuhr Klaus Peter fort, es falle seinem Schwiegervater schwer, heute vom Museum Abschied zu nehmen. Aber er könne ihm versichern: Dies ist gar kein Abschied. Er bleibe ein wichtiges Mitglied der Museumsfamilie. Jederzeit könne er zu ihr zurückkehren. Die Türen stünden ihm offen. Auch die der Depots. Jeder freue sich auf ihn, seinen klugen Rat und seinen »schwarzen« Humor!

»So«, schloss Klaus Peter seine Rede, »trinken wir auf ein häufiges Wiedersehen in der Museumsfamilie, in der du dich, lieber August, weiterhin zu Hause fühlen sollst!«

Die Tischrunde klatschte gerührt und heftig.

Elisabeth Luise konnte ihren Mann unter dem Tisch nicht erreichen. So gab sie ihm mit den Händen heftige Zeichen, die ihn aufforderten aufzustehen und zu seinem Schwiegersohn zu eilen. Als er sich zögernd erhob, deutete sie gar noch mit beiden Händen eine Umarmung an.

August gehorchte. »Ich danke dir, Klaus Peter«, murmelte er. Anstelle einer Umarmung fasste er seinen Schwiegersohn an beiden Oberarmen und drückte sie kräftig.

Apfelküchle zählten zu Augusts Leibspeise. Wenn sie aufgetragen wurden, wollte er nicht mehr von seiner Redepflicht belastet sein. So blieb er stehen, als er seinen Platz zwischen Frau Goldhals und Frau Schönmann wieder erreicht hatte, und klopfte kräftig gegen sein Weinglas, um die Aufmerksamkeit von seinem Schwiegersohn abzuziehen.

Nur danken wolle er, kurz und bündig, wie es seine Art sei. Er tat es denn auch knapp und nüchtern bei Herrn Schönmann und seinem Schwiegersohn, dem er immerhin Familiensinn bescheinigte zu Hause und im Museum, eine Eigenschaft, die man nicht hoch genug schätzen könne in unserem Zeitalter des Familienzerfalls.

Dann kam er zu Strieling. Und hier gewann seine Stimme an Wärme. Auch schien er den Wettlauf mit der Uhr zu vergessen. Er habe Strieling beibringen wollen, wie man effektiv wirtschafte und verwalte. Aber bald sei *er* der Schüler gewesen und habe gelernt, dass Langsamkeit, Innehalten, die Begegnung mit der Dauer mehr Ertrag bringen könne, jedenfalls für das innere Wohl des Menschen. Ihm sei nun klar, dass die vornehmste Aufgabe des Museums darin liege, diese Begegnung zu vermitteln. Besonders intensiv sei ihm das Laut- und Zeitlose im Depot begegnet, auch dort angeleitet von Herrn Strieling, übrigens. Er wisse jetzt etwas über die Beziehung zwischen der rechten Form und dem Tod und wie wir das Leben gewinnen, wenn wir den Tod akzeptieren.

Hier begann Elisabeth Luise kräftig zu hüsteln. Auch winkte sie mit beiden Händen lebhaft nach unten, als wollte sie August auf die Erde und in die Profanität eines Spanferkelessens zurückholen.

Aber August sah über sie hinweg, irgendwohin in eine Ferne, jenseits der Rüstkammer. Unbeirrt fuhr er fort, über den Tod zu spekulieren. Er sei ihm begegnet in den leblosen Körpern des Skulpturendepots. Dort könne man darüber hinaus höchst makabre Vanitas-Darstellungen aus der Barockzeit finden. Oft habe er ein Memento mori aus der Zeit um 1720 betrachtet, aus Birnenholz geschnitzt, ein Kissen etwa 25 cm im Quadrat, auf dem ein halb verwester Totenschädel liegt. Er wolle ihnen den Zustand des Schädels nicht näher schildern, um ihnen den Appetit auf die Apfelküchle nicht zu rauben. Nur die Schlange wolle er erwähnen, die ihr Haupt auf die Stirn des Toten legt, die Kröte, die unter dem Unterkiefer hindurchkriecht, und die Eidechse, die auf der Schädeldecke sitzt.

Hier hüstelte Elisabeth Luise wieder kräftig und ausdauernd.

»Ich bin ja schon am Ende mit meiner Schilderung und habe Ihnen das Grässlichste erspart«, beruhigte August seine Zuhörer. »Aber was ich Ihnen noch erzählen wollte, ist die Tatsache, dass dieses schaurige aus Holz geschnitzte Kissen in der Barockzeit auf dem Schreibtisch eines Arbeits- und Schreibkabinetts lag, wo es ein hochmögender Herr tagtäglich betrachtete, wenn er von seiner Arbeit aufblickte. Ein schlauer Kunsthistoriker hat aus der Anordnung der Komposition den Schluss gezogen, es müsse die linke hintere Ecke des Schreibtisches gewesen sein, weil der Davorsitzende so dem Tod direkt ins Angesicht schaute und auf diese Weise angehalten wurde, sich in Gelassenheit zu üben und dem Stolz der Welt zu entsagen.

Was sind wir doch für feige Verdränger geworden gegenüber diesem Barockmenschen. Oder können Sie sich vorstellen, dass der Herr Bundeskanzler auf seinem Schreibtisch links hinten ein solches Memento mori liegen hat, es jeden Morgen still betrachtet und in Gedanken zu sich selbst sagt: Vanitas vanitatum et omnia vanitas, ergo memento mori? Zu Deutsch: Eitelkeit über Eitelkeit, alles ist Eitelkeit, also gedenke des Todes. Vielleicht würde es ihm gut tun, wage ich zu sagen und der Bundesrepublik Deutschland obendrein.«

Hier wagten die meisten Teilnehmer der Runde zu lachen. Manche taten es übertrieben laut und ausdauernd, offensichtlich froh, einer peinlichen Gemütsbedrückung entfliehen zu können.

August fuhr nach einer geziemenden Pause fort mit einer Entschuldigung. Er habe sie wohl allzu sehr strapaziert, sagte er. Schließlich sei man nicht bei einer Leichenfeier. Sein Anliegen sei es gewesen, Dank zu sagen für all die Bereicherung, die er mit Strielings Hilfe im Skulpturendepot erfahren habe. Es hin und wieder zu besuchen, könne er nur jedermann empfehlen. Es müsse ja keine tägliche Bußübung werden.

Dem Museum, das er bestimmt oft besuchen werde, wünsche er viel Glück und Erfolg in dem Bestreben, den Menschen wieder das Schauen und das Staunen zu lehren.«

So endete Augusts Rede, von der Elisabeth Luise in der späteren ehelichen Kritik meinte, sie sei zwar schön, aber für eine Tischrede zu gedankenschwer gewesen.

Nachdem der Beifall verebbt war, beugte sich Frau Goldhals nach rechts zu Klaus Peter und flüsterte ihm zu: »Ist Ihr Schwiegervater ernstlich krank, weil er so viel vom Tod redet?«

»Schauen Sie nur, mit welchem Appetit er sich auf die Apfelküchle stürzt, kaum dass sie serviert wurden«, erwiderte Klaus Peter grinsend. »Nach Krankheit sieht das nicht aus.«

Und in der Tat kaute August Geldern seine Lieblingsspeise mit sinnlichem Behagen.